KB207171

따끔따끔, 슬픔요일

J.H CLASSIC 098

따끔따끔, 슬픔요일

'남과 다른 시 쓰기' 동인

이서빈 외

지혜

머리말

인간은 자연의 한 조각이다

지구가 시들어가며 폐활량을 옥죄는데
사람들은 눈썹 하나 깜빡하지 않아
남다시 환경위원회를 조직했다

지구상에서 가장 오래된 욕심에
꽃향기가 화르르 정전되고
생태계가 창백해지고

인간의 낭비에 압류 고지서를 배달하는 균들

제발
어쩌다가
이 지경
저 지경이란 말이 존재하지 못하게

온몸 불사르며
무너지는 생태계의 제방 둑을 막아낼
환경 경전經典을

푸르름 다 새어나가기 전에
처방전으로 사용해 주길 바라며
촉촉촉 글의 주파수를 높인다

인간들이여!
탄식이 무릎을 치기 전에
주지육림酒池肉林에서 벗어나길

차례

글바다

2부

정구민

글나라

최이근

고윤옥

3부

글빛나

권택용

우재호

세 정

4부

글로벌

이 옥

글가람

• 일러두기

페이지의 첫줄이 연과 연 사이의 띄어쓰기 줄에 해당할 경우 > 로 표시합니다.

1부

따끔따끔, 슬픔요일 외 2편

이 서 빈

벌떼가 열반에 들었다

꽃에 입맞춤한
벌 혓바닥에 제초제가 스몄다

벌 날개에 어지러움이 걸려
풍뎅이처럼
풍풍풍풍 허공 날아오른다
비출비출 공중 흔들다

벌나무 능선에
비밀을 걸어놓고
꽃잎 되어 날아내린 벌떼
온몸이 화끈화끈 따갑다

벌벌벌벌, 떨던 아기벌들
입가에 침을 흘리며
알 수 없는 사이로 굴러떨어졌다

그 이후

꽃은 깨끼발로
아기다리고기다려도
공갈젖꼭지처럼
벌은 오지 않았다

꽃들 모두 멸종되었다는 기별이
뉴스로 흘러나와 잠을 태워버린 밤

아직 태어나지도 않은
우람한 멸종을 세어보는 우울

부겐빌레아 꽃향기처럼 슬픈입술을 가진
벌침이 명치끝을 찌르는 따끔따끔, 슬픔요일

벌의 일기

잉잉 울어야 할 애벌레소리 깨어나지 못하고 빈 하늘은

멀뚱멀뚱하고

노파랑 붉하영 꽃들 화화 웃는 들판

고독한 마음 온종일 잉잉 시들어간다

영문도 모르고 가문이 멸종당하고 살아남은 자의 비극

바람은 눈썹 하나 까딱 않고

우두커니 가시를 돋우고 보랏빛근심 흔드는 엉겅퀴

어느 구름에 비가 숨었다 또 쏟아지려나

서둘러 피난한 곤충들 창문 닫아거는 소리 앵앵

청개구리 불효 읊어대는 소리가 들리지 않는 귀머거리

>

공중에 가득하던 발자국소리 더욱 뚜렷이 들린다

숲이 저물고 들판이 저물고

날개 가득 묻어나던 풀벌레소리 뚝, 끊어졌다

길은 논바닥처럼 쩍쩍 갈라지고

꿀맛 같다는 말은 이제 사라져버릴 것이다

어느 먼 시대에 사라져버린 공룡의 혼이 마중 나오는 소리

이 가을 공중에 흩날리고

깨어나지 못하고 사체가 된 애벌레

서글픔이 밤새도록 뜰에 등불 켜고

먼 곳 어디서 우리를 기르던 주인의 울음이 피어난다

지렁이와 삽의 삼단논법三段論法

한 삽 떠서 던지면
공중 한 바퀴 돌아 다시 내려앉는 흙

땅의 심장이 바스라지네

삽날로 흙 퍽, 찍자
땅강아지 댕강, 목 잘리고
날 바로옆 아찔한 곳에서
지렁이 한 마리
꿈틀거리며 기어 나와 온몸으로 쓴 글씨 두 줄

삽이여!그동안얼마나많은가족과친지들이삽날에잘려죽었는지알기나하는가?
찍혀죽은몸들은죽는순간까지필사적으로기어갔지세상의길다지렁이가낸길이네

수많은 지렁이 땅속 생물 초목 죽이고 자연 해친 죄
목 잘린 돌부처처럼 삽날 잘리고
지하철과 버스에 거꾸로 매달려
이른새벽부터 밤중까지

공범인 인간 손 잡기 위해 안간힘 쓰네

지구를 살려야 한다며 삽날과 맞서던 지렁이와 초목이 옳았네

인간 손바닥 손가락 손목 무릎 발바닥 발목 팔꿈치 목주름
지렁이 꿈틀꿈틀 온몸으로 기어가며 낸 길

인간 몸속 푸른혈관은
지렁이가 헤엄쳐 다니는 길임을 잊지 않겠네

시감상 I

우리나라뿐 아니라 해외에서도 일어나는 군집 붕괴 현상인 꿀벌의 집단 실종사건이 보고되고 있다. 식량 위기 생태 위기 등 인류에게 닥칠 재앙의 전조로 다가오는 것은 아닌지 생태계 균형과 지속에 중요한 역할을 하는 벌이 사라지고 있는 이 순간

벌떼가 열반에 들었다/ 꽃에 입맞춤한/ 벌 혓바닥에 제초제가 스몄다

벌 날개에 어지러움이 걸려/ 풍뎅이처럼/ 풍풍풍풍 허공 날아오르다/ 비출비출 공중 흔들다

벌나무 능선에/ 비밀을 걸어놓고/ 꽃잎 되어 날아내린 벌떼/ 온몸이 화끈화끈 따갑다

벌벌벌벌, 떨던 아기벌들/ 입가에 침을 흘리며/ 알 수 없는 사이로 굴러떨어졌다

그 이후/ 꽃은 깨끼발로/ 아기다리고기다려도/ 공갈젖꼭지처럼/ 벌은 오지 않았다

꽃들 모두 멸종되었다는 기별이/ 뉴스로 흘러나와 잠을 태워버린 밤

아직 태어나지도 않은/ 우람한 멸종을 세어보는 우울/ 부겐빌레아 꽃향기처럼 슬픈입술을 가진/ 벌침이 명치끝을 찌르는 따끔따끔, 슬픔요일

— 「따끔따끔, 슬픔요일」 전문

숭고한 벌이 죽으면 지구도 멸망한다고 한 이 시의 주제는 환경이다. 지구온난화 영향인지 치명적인 살충제를 과도하게 남용된 이유인지 헬기로 뿌려진 제초제 때문에 '벌날개에 어지러움이 걸려'있는 지구 '온몸이 화끈하끈 따갑다'라는 문구에서 입증되듯 언어에 관한 새로운 접근성에 의해 시어의 거리가 확장된다.

'알 수 없는 사이로 굴러떨어졌다'라는 것은 평생을 글 속에 묻혀 체득한 삶의 잠언같은 철학이 들어있는 문구이다. 암울한 현상이지만 저마다 인류를 위해, 80억 인구를 위해 무엇을 해야 할 것인가라는 존재감은 지켜내야 한다고 시인은 말한다.

'벌은 오지 않았'고 '꽃들 모두 멸종되었다는 기별'이란 문장을 읽다 보면 둥근 구멍이 많이 뚫려 있는 벌집 구름에서 대포를 쏘며 경고를 하는 듯하다. '잠을 태워버린 밤' 아무것도 할 수가 없어 '아직 태어나지도 않은/ 우람한 멸종을 세어보는 우울' 아무리 생각해봐도 미래는 절망밖에 없다는 것이다. '따끔따끔, 풍풍풍풍, 비출비출, 화끈화끈, 벌벌벌벌'은 관찰력에서 오는 것이며 벌이 꿀을 부지런히 만들 듯 시인도 쉬지 않고 깊이 있는 지식으로 단어의 고수가 되어 흘러내리는 끈끈한 의성어, 의태어가 아니라 한 숟가락씩 떠먹고 싶은 향도 좋고 당도도 높은 천연 꿀 같은 의성어 의태어 조어를 부지런히 만들고 있다.

따끔따끔해진 환경이 너무나 슬프기도 하지만 벌이 많았던 예전과 달리 사라진 벌이 '공갈젖꼭지'가 되고 너무 예뻐서 슬픈

'부겐빌레아 꽃향기'가 되어 슬픔요일이 된 것이다. 시인이 울부짖고 있는 벌 대신 벌의 생각, 벌의 느낌으로 벌이 겪은 일들을 대신 쓴「벌의 일기」를 읽어 보자.

시인은 벌 속으로 들어가 그들이 되어 대상을 온전히 이해하며 그들의 목소리로 이야기한다. 그래서 진솔한 내면의 표현은 그림일기를 한 편의 단편영화로 보는 것 같다. '영문도 모르고 가문이 멸종당하고' 혼자 '살아남은' 이 상황이 당황스럽기만 한 벌, '청개구리 불효 읊어대는 소리가/ 들리지 않는 귀머거리/ 공중에 가득하던 발자국소리/ 더욱 뚜렷이 들린다'에서 인간이 생태계 파괴를 했다는 것을 강조하는 시인의 의도를 엿볼 수 있다.

이 작품에서도 '잉잉, 멀뚱멀뚱, 화화, 앵앵, 쩍쩍'의 섬세한 시각과 '노파랑, 붉하영'은 생명 외경의 존엄성을 각인시키는 장인정신으로 언어의 벌집 짓기로 발상의 전환 내지는 고정인식의 틀 깨기에 해당되지 않을까 생각된다. '어느 먼 시대에 사라져버린 공룡' 같이 될 날이 벌도 멀지 않았음을 직감하고 '먼 곳 어디서 우리를 기르던 주인의 울음이 피어난다.'라고 하였다.

아인슈타인이 '벌들이 사라지면 식물이 멸종하고 인류도 4년 이상 존속할 수 없다'라고 말했다. 보통 시는 앞줄을 맞추는데 연마다 뒷부분을 맞춘 것은 인간과 자연은 한 몸이라 끝까지 같이 가야 한다는 뜻이 아닐까? 정서와 상상력이 들어있는 이 시는 인생의 표현이며 생명의 재해석으로 남다른 열정의 결과물임을 자연스럽게 드러내는 것 같다. 사실을 객관적으로 묘사하고 기록하는 데 그치지 않고 일상의 사건들에 대한 관찰력으로, 시인의 논리로 재구성하며 체계화한「벌의 일기」는 그 시대상을 알 수 있어 사료의 가치를 인정받기 충분한 역사적인 자료라고 생각한다.

다음은「지렁이와 삽의 삼단논법三段論法」이다. 삼단논법을 통해 지렁이와 삽의 관찰과 이론의 체계를 잘 들여다 보자.

한 삽 떠서 던지면/ 공중 한 바퀴 돌아 다시 내려앉는

흙/ 땅의 심장이 바스라지네 삽날로 흙 퍽 찍자/ 땅강아지 댕강, 목 잘리고/ 날 바로옆 아찔한 곳에서 지렁이 한 마리/ 꿈틀거리며 기어 나와 온몸으로 쓴 글씨 두 줄 삽이여! 그동안얼마나많은가족과친지들이삽날에잘려죽었는지알기나하는가?

찍혀죽은몸들은죽는순간까지필사적으로기어갔지세상의길다지렁이가낸길이네

수많은 지렁이 땅속 생물 초목 죽이고 자연 해친 죄

목 잘린 돌부처처럼 삽날 잘리고/ 지하철과 버스에 거꾸로 매달려

이른새벽부터 밤중까지/ 공범인 인간 손 잡기 위해 안간힘 쓰네

지구를 살려야 한다며 삽날과 맞서던 지렁이와 초목이 옳았네

인간 손바닥 손가락 손목 무릎 발바닥 발목 팔꿈치 목주름

지렁이 꿈틀꿈틀 온몸으로 기어가며 낸 길/ 인간 몸속 푸른혈관은/ 지렁이가 헤엄쳐 다니는

길임을 잊지 않겠네

―「지렁이와 삽의 삼단논법三段論法」 전문

시인은 자연과 가까운 것을 소재로 시를 쓴다. 지렁이와 삽은

반대편에 서 있다. 지렁이는 환경을 생각하는 사람이고 삽은 남보다 본인의 이익을 따지며 환경을 망치는 자본주의이다.

'삽이여! 하는 4연에서 띄어쓰기도 하지 않고 연결한 문장은 존재의 근거를 담아내고자 하는 치열함이 돋보이는 부분이다.

그동안 얼마나 많이 지구환경을 망쳤는지 알기나 하냐는 듯 세상 사람들이 저 혼자 한다고 환경이 지켜지냐며 비웃음 쳐도 나만이라도 꿋꿋이 한길로 나아가겠다는 의지가 들어있다.

왜 하필이면 '지하철과 버스에 거꾸로 매달려'있고 '공범인 인간 손 잡기 위해 안간힘 쓰네'인가? 무한한 인간의 아픔이 배어있는 말이며 '이른새벽부터 밤중까지' 모든 욕망을 다 비워내지 않으면 지구환경을 지킬 수 없다는 말이 아닌가, 독특한 시적 이미지로 망해가는 '지구를 살려야 한다며 삽날과 맞서'고 있는 시인은 자연을 아끼면서 80억 인구를 살리자는 마음으로 환경 시를 쓰고 있다.

「악마의 사전」이라는 책을 집필한 앰브로스 비어스는 '대전제-소전제-오류의 과정'을 밟는다고 하였지만, 시인은 논리적 오류가 생기지 않게 느슨해지지도, 단서를 붙이지도 않으며 지구를 살리는 길을 선택했다. 동물과 인간을 아우르는 자발적 행위를 설명하는 3단논법의 역할이 무엇인지를 보다 분명하게 하려 행위 철학과 발상의 전환까지 많은 영감을 주는 논법으로 환경운동을 하고 있는 환경 시 선구자이다.

간단한 자음과 모음의 조합으로 수많은 단어를 표현할 수 있는 한글을 시인은 창의적인 구성과 독보적 활용으로 한글의 우수성을 세계적인 문화 자산으로 확산시키려 소통에 이바지하고 있음을 앞에 나온 시 세 편에서도 알 수가 있다.

버지니아 울프의 '자기만의 방'에서와 같이 본능적인 깨달음으로 젊은 시절부터 자기만의 방을 확보하면서 망가져가는 자연을 회복시킬 길을 찾아 나선 삶은 문학을 말할 때 빼놓을 수 없는 최고의 작가로 달려가고 있음을 영주신문에 연재되고 있는, 총 17권 중 5권까지 출판된 시소설인「소백산맥」대하소설로 증명하고 있다.

물거품 외 2편

이 진 진

바다를 날아다니며
찢어진 파도소리 깁는 갈매기

바다 한 상 차려놓고
빙 둘러앉은 비정한 식욕들
깊고 넓은 바다의 살점을 먹다
밴댕이속 같다는 생각이 푸르게 넘실댄다

광어 우럭 바닷장어
도마에서
날 선 칼날에 번득이는 시간을 저민다

접시에 채워지는 살점들
겁먹은 대가리는 죽음을 실감하지 못하는지
앙크란 뼈를 드러내며
독화살 장전하는 뱀장어 눈빛

독화살이 뱃속으로 들어가면
지독한 죄는 독의 알을 낳고

>

독의 알 슬어놓으면 빠짐없이 부화되어
비렁뱅이 같은 선의 경계마저 뭉개지고
악이 헤엄치는 바다를 만들겠지

무성하던 햇빛 뼈만 앙상하다

뱃속에 남겨진 긴 한숨과 독은
더 독한 균으로 무장하고
오뉴월에도 서리를 내리게 할지도 몰라

비무장지대

연고도 없는 봄발자국 기다리는 주목
단단하고 깊은 한숨 쉬고 있다

세계 유일의 분단국가를 주목하라는 주목
이데올로기의 다름 주목한다
한 꼬투리였으면서
남과 북
서로를 감시 주목한다

주목, 전복된 찬서리가 서슬 푸르다

산등성이마다 구불구불 뱀이 휘파람 불며 지나간 자리
지렁이가 무지렁무지렁 따라간다
한눈팔면 허방을 짚을 독 깔린 길

돈이 되면 자연 파헤치는 인간
투명 철조망이라도 쳐야 할까?

남과 북을 막은 철조망이
생태계의 보고가 된 아이러니

>

토막 난 잠 단잠 사이에 흙비가 내린다

철조망 너머

남쪽 북쪽으로 막힘없이 흘러가는 구름

새도 자유로이

가장 자유로운 자유를 가둔 곳

세계 중심지 주목이 말한다, 주목 주목!

수선집

재봉틀 소리 시장 사람들 마음을 깁고 있다

풍물시장
가난을 수선하고
고단한 삶을 두덕두덕 깁는다

너덜너덜하게 헤진 풍기문란
반듯한 천 덧대 깁는 재봉틀 소리

오만의 찢어진 귀퉁이
잘라다
바늘귀에 꿰어 정감과 소통을 이어 박는다

생각의 품과 길이
조금 넉넉해
누구든 입을 수 있게 재단해 깁는다

실패한 사람들 마음
실패에서 술술 풀려 감쪽같이 박음질 된 순간
풍물시장엔 막걸리 한 순배씩 돌려마시며

단절된 시간 함께 풀려
파란가을하늘 시침질한다

바늘에 찔려 푸른피가 뚝뚝 떨어질 것 같은 가을하늘

찢어져 너덜거리는 지구도 저렇게 감쪽같이 기웠으면

시감상 I

이진진 시인은 오감각 기관을 열어 감각 언어를 꺼내 시인의 이미지와 묘사로 아주 조화롭고 깊은 사유를 가진 시를 쓴다. 익숙한 것들 속에서 낯설고 새로운 것들을 찾아 곱게 익어가는 마가목 빛깔과 산목련 냄새가 나는 시를 쓴다. 자연과 내통하면서 자연의 속마음을 꺼내 풀을 먹여 잘 다린 삼베적삼 같은 글을 써서 독자들에게 날라주고 있다. 환경 시를 쓰면서도 낯설고 신선함으로 독자들의 이목을 집중시킨다.

바다를 날아다니며
찢어진 파도소리 깁는 갈매기

바다 한 상 차려놓고
빙 둘러앉은 비정한 식욕들
깊고 넓은 바다의 살점을 먹다
밴댕이속 같다는 생각이 푸르게 넘실댄다

광어 우럭 바닷장어
도마에서
날 선 칼날에 번득이는 시간을 저민다

접시에 채워지는 살점들
겁먹은 대가리는 죽음을 실감하지 못하는지
앙크란 뼈를 드러내며
독화살 장전하는 밴장어 눈빛

독화살이 뱃속으로 들어가면
지독한 죄는 독의 알을 낳고

독의 알 슬어놓으면 빠짐없이 부화되어
비렁뱅이 같은 선의 경계마저 뭉개지고
악이 헤엄치는 바다를 만들겠지

무성하던 햇빛 뼈만 앙상하다

뱃속에 남겨진 긴 한숨과 독은
더 독한 균으로 무장하고
오뉴월에도 서리를 내리게 할지도 몰라
—「물거품」 전문

「물거품」에서는 무심하게 맛나게 먹고 잘 먹었다고 말할 일반적인 생각을 걷어내고 '접시에 채워지는 살점들이 앙크란 뼈를 드러내며 독화살을 장전'하고 있다며 죽어가는 물고기들의 긴박한 상황을 '독화살이 뱃속으로 들어가면 독한 균으로 무장하고 오뉴월에 서리를 내리게 할지 모른'다고 시적 상상력을 생명존

중 사상에 근거해 무한대로 확대 시킨다.

「비무장지대」도 우리가 늘 가슴속에 응어리처럼 담고 있는 곳이다. 보기에도 끔찍한 철책선이 있고 '연고도 없는 봄 발자국 기다리는 주목/ 단단하고 깊은 한숨 쉬고 있다// 세계 유일의 분단국가를 주목하라는 주목'은 한사코 버티고 '서로를 감시 주목한다'라고 이 또한 세상에서 아주 낯익은 곳을 '산등성이마다 구불구불 뱀이 휘파람 불며 지나간 자리/ 지렁이가 무지렁무지렁 따라간다/ 한눈팔면 허방을 짚을 독 깔린 길'을 낯선 존재로 바꿔 시적 자아를 발아시키고 '토막 난 잠 단잠 사이에 흙비가 내린다'라고 평범한 꿈속에 흙비를 내려 이 사태가 흉몽이었음 좋겠다는 절박함을 극적 모멘트moment로 두드러져 보이게 한다.

재봉틀 소리 시장 사람들 마음을 깁고 있다

풍물시장
가난을 수선하고
고단한 삶을 두덕두덕 깁는다

너덜너덜하게 헤진 풍기문란
반듯한 천 덧대 깁는 재봉틀 소리

오만의 찢어진 귀퉁이
잘라다
바늘귀에 꿰어 정감과 소통을 이어 박는다

생각의 품과 길이
조금 넉넉해
누구든 입을 수 있게 재단해 깁는다

실패한 사람들 마음
실패에서 술술 풀려 감쪽같이 박음질 된 순간
풍물시장엔 막걸리 한 순배씩 돌려 마시며
단절된 시간 함께 풀려
파란가을하늘 시침질한다

바늘에 찔려 푸른피가 뚝뚝 떨어질 것 같은 가을하늘

찢어져 너덜거리는 지구도 저렇게 감쪽같이 기웠으면
—「수선집」 전문

이 작품 역시 평범한 전통 시장에서 돌아가는 재봉틀이 '사람의 마음을 깁고' 나아가서 '찢어져 너덜거리는 지구도 저렇게 감쪽같이 기웠으면' 좋겠다고 한다.

지금 21세기 자본주의는 맹렬한 팽창으로 인한 생태계의 파괴가 이미 지구가 감당할 수 있는 수준을 넘어서고 있다. 그 결과 지구온난화로 세계가 들끓고 있고 앞으로 초래될 기후변화가 향후 미래세대의 가장 큰 위협요인으로 지목되고 있다는 것은 누구나 인식할 것이다. 그러나 대책보다는 위협요인을 묵인

하는 일로 자본주의는 더욱 가속화되고 있다. 이진진 시인은 현재의 위협을 느끼고 나아가 미래들에게 어떻게 해야 할지를 고민하며 환경 경전을 쓰고 있다. 이쯤에서 아무래도 노자의 도덕경道德經을 통하여 더불어 살아가는 상생相生의 길을 모색하자는 운동이라도 일으켜야 하지만 꿈쩍 않는 사람들을 보며 이진진 시인은 친환경이 아닌 필 환경 시대임을 자각하고 시를 쓴다. 시인의 이 외롭고 고독한 외침의 경전이 세상에 넝쿨져 칡꽃처럼 향기로운 넝쿨이 지구를 살리길 기대해본다.

쇼, 부不 외 2편

글 보 라

타요 타요 다 타요
공장, 제련소, 아파트, 판자촌 등등
화려한 치장들
다 타버려서 재방송
빙하라는 낱말이 고어가 되고
영하라는 느낌이 휘발되네요

당신들
진짜 뜨거운 맛 좀 볼래요

하루살이가 불속으로 날아드는 순간의 눈빛
본 사람 있나요?

지구 온도 올리는 우리는 하루살이
함께 뛰어드느라 못 봤을 확률 99.9프로
오늘 자 대서특필입니다

새 생명을 위해 먼저 생명을 죽이는 들불
누가 살고 누가 죽어야 하죠?

>

불길 이어달리기
동네가 나라가 지구가 벌겋게 뛰네요

불 끄기 쇼!라도 해요
보여주기식 포스터라도 좋아요

인화물질 합법적 공간 정하지 말고
딱, 진짜, 쓸 만큼만, 조금 모자라게요
쇼쇼쇼 자꾸 하다 보면
지구도 우주도 시원해질 거예요

불맛에 혀도 똥꼬도 불처럼 뜨거워지는 맛집 모두
지구 뱃속 편안해지는 일이라면
부不라고 말고 쇼! 해요

소신공양

붉은빛은 가장 낮은 온도
약함을 감출수록 붉붉 달아오른다

지구 문명 선구자
불의 언어가 담금질 될수록
광속으로 선진화했다는 자부심

빼곡한 건물들
땅속으로 길을 내고
하늘 훨훨 날아다녀도
헛헛하다는 인간들 욕심

헛바람에
몸을 담그며
화를 태워
불을 품은 화는
꽃과 잎을 피우기 위해 담금질한다

겨우내 들었던 멍은 잎으로 화는 꽃으로
봄화분에 피어난 것이다

>

인간 욕심을 불살라 부처앞에 바친다면

지구는 아름다운 낙원을 보시할 텐데

불, 호령

1년 치 비가 단 하루에 내리는 기현상
세상은 온통 흙탕물인데 모니터 속은 젖지 않는다

지구 스스로 정화하는 걸까?

자연 맘대로 가공하는 사람들
잘리고 뚫리고 강제로 메워지고
쟁취한 쪽 착취된 쪽
극대화에 분노한 신

범람한 물에 떠내려가고 겨우 남은 것들
분노로 활활 타오르고
솟구치는 물과 내달리는 불 속에서 신을 찾는 사람들의 절규
신은 존재하는가?

절절 끓어오르는 공중으로 증발하는 물음
나무신도 물신도 불신도 대지신神도
모두 잘리고 찢기고 메워지고 가해 당했음을
모두 망각하고
구원을 애타게 부르짖는다

>

태초부터 인간에게

만족을 모르고 생떼를 써도 묵묵히 내주고 지켜주었으나

온 인류 멸망에 이르도록

지구 곳곳을 훼손하여 자정 능력까지 위협한 인간

이래도 정신 못 차리면

신은 채널을 돌려 외면할지도 몰라

우주에서 바라본 진녹색 지구

같은 채널을 시청했다면 모두 한마음

늦지 않았어!

시감상 |

쇼는 무대에서 춤과 노래 따위의 시각적 요소를 다채롭게 보여주는 문화이다. 글보라 시인이 각본하고 감독한 대작 한 편을 소개한다. 이 시대에 이만한 대작이 나올 수 있을까?

타요 타요 다 타요
공장, 제련소, 아파트, 판자촌 등등
화려한 치장들
다 타버려서 재방송
빙하라는 낱말이 고어가 되고
영하라는 느낌이 휘발되네요

당신들
진짜 뜨거운 맛 좀 볼래요

하루살이가 불속으로 날아드는 순간의 눈빛
본 사람 있나요?
지구 온도 올리는 우리는 하루살이
함께 뛰어드느라 못 봤을 확률 99.9프로
오늘 자 대서특필입니다

새 생명을 위해 먼저 생명을 죽이는 들불
누가 살고 누가 죽어야 하죠?

불길 이어달리기
동네가 나라가 지구가 벌겋게 뛰네요

불 끄기 쇼!라도 해요
보여주기식 포스터라도 좋아요

인화물질 합법적 공간 정하지 말고
딱, 진짜, 쓸 만큼만, 조금 모자라게요
쇼쇼쇼 자꾸 하다 보면
지구도 우주도 시원해질 거예요

불맛에 혀도 똥꼬도 불처럼 뜨거워지는 맛집 모두
지구 뱃속 편안해지는 일이라면
부不라고 말고 쇼! 해요
—「쇼, 부不」 전문

연일 이상기온이 지구촌을 덮치고 있다. 홍수와 태풍과 산불과 그러나 인류는 보고도 못 본 체하는지 무관심으로 일관하며 앞으로만 나아가고 있다. 환경 경전을 쓰고 있는 글보라 시인은 얼마나 한심하고 답답했으면 이렇게 쇼라도 좋고 아니라도 좋으니 고개 들고 한번 주위를 보라. 공장, 제련소, 아파트, 판자촌

들의 화려한 치장들이었던 것들이 다 타버려서 재방송은 불가능하고 '빙하라는 낱말이 고어가 되고 영하라는 느낌이 휘발되네요'라고 끔찍한 연출을 한다. 빙하가 다 녹으면 그 속에 갇혀있던 균들은 필시 인간을 향해 돌진해 옴이 자명한데 어쩌자고 정말 '당신들 진짜 뜨거운 맛 좀 볼래요' 이 쇼를 보다가 모두 소름이 돋아 눈을 감아야 할 상황을 전개하고 있다. 제발, 쇼라도 좋으니 이 시를 온 인류가 경전으로 삼아 지구가 회복되었으면 좋겠다. 다음 시 자기 몸을 불살라 부처 앞에 바치는 「소신공양」을 읽어 보자.

붉은빛은 가장 낮은 온도
약함을 감출수록 붉붉 달아오른다

지구 문명 선구자
불의 언어가 담금질 될수록
광속으로 선진화했다는 자부심

빼곡한 건물들
땅속으로 길을 내고
하늘 훨훨 날아다녀도
헛헛하다는 인간들 욕심

헛바람에
몸을 담그며

화를 태워

불을 품은 화는

꽃과 잎을 피우기 위해 담금질한다

겨우내 들었던 멍은 잎으로 화는 꽃으로

봄화분에 피어난 것이다

인간 욕심을 불살라 부처앞에 바친다면

지구는 아름다운 낙원을 보시할 텐데

—「소신공양」 전문

우리는 지구를 태우려는 온난화 앞에서 부처님께 소신공양이라도 하며 지구를 지켜야겠다는 의지다. 그렇게 하면 지구는 아름다운 낙원을 보시할 텐데. 시인의 눈으로 보면 얼마나 다급해 부처님의 힘을 빌리려고 할까?

탈무드에는 '가장 강한 인간은 마음을 조정할 수 있는 사람이다'라고 했다. 그렇다면 인간은 나약한 동물이라 자신의 마음조차 남에게 조정 당하고 있다는 말인가?

그렇담 누가 자신의 영혼을 지배하고 길들인단 말인가?

소신공양으로 성불을 해서라도 지상 낙원인 아름다운 지구를 지키려는 숭고한 마음이 담긴 시다. 이러다 또 안 되겠는지 시인은 불호령을 내리고 있다.

'잘리고 뚫리고 강제로 메워지고/ 쟁취한 쪽 착취된 쪽/ 극대화에 분노한 신' 얼마나 끔찍한 말인가? 화가 폭발한 신이 인간을 정신 차릴 수 있도록 날카로운 기세로 꾸짖고 있다. 영원히 유지할 수 있지 않을까 혹시나 했던 지구가 다음 연에서 이제는 '범람한 물에 떠내려'가고 '신을 찾는 사람들의 절규'가 아우성친다. 사실적 구성이 선명하게 떠오르는 환경 시다. 천하를 호령하던 '나무신도 물신도 불신도 대지신도' 이제는 다 젖은 종이호랑이가 되어버렸다. 장자는 '자연이 아니면 내가 존재할 수 없고, 내가 아니면 자연의 섭리를 체득할 수 없으니 나와 자연은 그렇게 가까운 것'이라고 했다. 자연과 인간은 한 몸이기에 인간의 악행은 중단되어야 한다.

신이 1년 치 비를 하루에 내리며 불호령을 내려도 정신을 못 차리면 이제 희망이 없다. 이제라도 늦지 않았다며 신이 채널을 돌리기 전에 지구촌 사람들이 정신을 차렸으면 좋겠다는 시인의 간절함이 지면 가득해 더 이상 읽기가 무섭다. 글보라 시인의 이 피맺힌 절규에 지금 당장 개인의 욕심을 버리고 앞으로 닥쳐올 예언 같은 영화의 기류를 인류가 깨달았으면 좋겠다.

한글경 외 2편

글 바 다

단단한 빛
말랑거리던 빛
단단함으로 굳고
굳을 때까지
주린배 움켜쥐고
버텨온 생

먼지 날아오르고
먹구름 달려들고
비바람 불어와도
천 길 낭떠러지에도
싹을 틔우고
꽃을 피웠다

향기 풀풀 날리며
세상을 넘나들며
빛을 발하는
아리아리 아리랑
가나다라마바사

>

부처도

예수도

공자도

한글경을 왼다

향기 품은

한글경 세계를 넘나든다

비움과 채움

긴 세월 기도하는 미라

나라 위해
부처 위해
못다 한 사랑 위해
가부좌 틀고 염주 돌리며
눕지도 못하는 기도

연꽃이 환하게 향을 사르고 있다
대웅전도 아닌
나한전도 아닌
산신각도 아닌 곳에서
보리수 나뭇잎
우수수
기도로 날아내리는 뜰

환경시라는 말에
부처님 염화미소
대문 활짝 열어
젖히며 반기며 하는 말씀

>

죽어가는 중생 살리려

환경시인 오셨네

껄껄껄

세종대왕 애민사랑에
구중궁궐 박차고 나와
광화문 네거리에
훈민정음
펼쳐 들고 눈물을 흘리신다

덜 영근 정신
가슴 미어져
공부해라 책 읽어라

민주화운동 한답시고
광화문에 나와 외치고
부수고 몰려다니다

어쩌다 기회 잡아
나라 근간 흔드는 텅 빈 머리

서민 생활 비웃고
여성, 노인 비하하고
이 나라 젊어질

청년까지 조롱하고

훈민정음
껄껄껄 웃으며
참
자아알 났다

시감상 I

윌리엄 카를로스 윌리엄스(미국 시인 1883~1963)는 과장된 상징주의를 배제하고 평면적 관찰을 기본으로 한 객관주의를 표방하며 '시는 관념이 아니라 사물 그 자체로 표현해야 한다'라면서 사상 주의 운동을 심화시킨 객관주의를 주장하였다. 투철한 현실 인식과 인간미로 해체된 세계에 시적 통일을 주었다는 평가를 받는 그의 시는 자세를 취하지 않고 자연스럽게 찍은 스냅사진처럼 순간을 포착한 시가 많다. 그는 '시인이 되는 첫째 조건은 외로움을 아는 것이다'라고 말했다. 글바다 시인의 시는 외로움을 아는 것에 일 진보해 외로움을 뛰어넘어 인간의 삶과 밀착된 자연을 날카로운 관찰과 따뜻한 시선으로 난해하지 않은 내면 인식과 결부된 자연과 인간을 연결한 시이다.

「한글경」에서 '단단한 빛/ 말랑거리던 빛/ 단단함으로 굳고/ 주린배 움켜쥐고/ 버텨온 생'이라고 온갖 어려움을 겪고 태어난 한글을 '한글경'이라 말한다. 대대손손 자양분으로 '향기 풀풀 날리며/ 세상을 넘나들며/ 빛을 발' 해 '부처도/ 예수도/ 공자도/ 한글경을 왼다'. 그럼에도 불구하고 그 고마움은 잊고 당연한 것처럼 살아가는 우리에게 죽비처럼 다가오는 말이다. 전율이 느껴질 만큼 대단한 시구지만 과연 우리는 얼마나 한글경의 고마움을 알면서 살아가고 있는가? 한 번쯤 돌이켜 보게 한다.

다음 시를 보자.

긴 세월 기도하는 미라

나라 위해
부처 위해
못다 한 사랑 위해
가부좌 틀고 염주 돌리며
눕지도 못하는 기도

연꽃이 환하게 향을 사르고 있다

대웅전도 아닌
나한전도 아닌
산신각도 아닌 곳에서
보리수 나뭇잎
우수수
기도로 날아내리는 뜰

환경시라는 말에
부처님 염화미소
대문 활짝 열어
젖히며 반기며 하는 말씀

죽어가는 중생 살리려
환경시인 오셨네

—「비움과 채움」 전문

글바다 시인의 시는 이 시대에 진정한 휴머니스트humanist이다. 개인을 위해 쓰는 시가 아닌 생명의 소중함을 위해 무엇이 가장 시급한 문제인가를 생각하며 빗나간 자본주의로 인해 고통 받고 있는 현대인들을 위해 정신을 화들짝 깨우게 하는 시다.

'죽어가는 중생 살리려/ 환경 시인 오셨네' 대문 활짝 열여 젖히며 하는 부처의 이 기막힌 말을 뼛속까지 기억하지 않으면 우리는 미래를 장담하지 못할 것이다. 다음 시에서도 우리 한글 사랑을 우리 민족의 근원 같은 말로 곱씹어보게 한다.

세종대왕 애민사랑에
구중궁궐 박차고 나와
광화문 네거리에
훈민정음
펼쳐 들고 눈물을 흘리신다

덜 영근 정신
가슴 미어져
공부해라 책 읽어라

민주화운동 한답시고
광화문에 나와 외치고
부수고 몰려다니니다

어쩌다 기회 잡아
나라 근간 흔드는 텅 빈 머리

서민 생활 비웃고
여성, 노인 비하하고
이 나라 짊어질
청년까지 조롱하고

훈민정음
껄껄껄 웃으며
참
자아알 났다
—「껄껄껄」 전문

우리가 이토록 푸르른 생명의 언어로 지구의 푸르름을 지켜 인간이 푸르르게 살 수 있도록 자신의 언어로 자유로이 시 경전을 쓸 수 있는 건 오로지 세종대왕 덕이라는 걸 부정할 수 있는 사람은 아무도 없을 것이다. 이 빛나고 다채롭고 고정인식을 깨고 자유자재로 시 경전을 써 세계로 실어나를 수 있음에 시인은 아마도 세종대왕을 뵈러 광화문에 가서 감사의 인사를 올리고 온 모양이다. 그러니 한글로 서민 여성 노인 청년까지 비하하고 조롱하는 오늘날을 보며 '자아알 났다' 한 마디에 억만 톤의 무게가 실려 있어 눈부시도록 푸르름을 일깨워주는 대목이다. 이 한글 경전이 세계를 푸르르게 날아다니며 지구를 파랗게 파랗게 새파랗게 살릴 것을 믿어 의심치 않는다.

2부

호랑이 외 2편

정 구 민

반만년 나라를 지켜온 산신

백두대간 어슬렁거리며
발톱 내보였다
헛기침하다가
빳빳하게 수염 세우며
낮잠 자다가

나라 협박받으면
입 벌리고 날카로운 이빨로 위협하고
가난이 봄빛처럼 푸르르면
얼룩무늬 털을 뽑아
산빛 푸르게 물들이며
터줏대감으로 살았다

이제 땅에선 종을 이어가기 힘들어
하늘로 이주하려니
봄에는 큰곰
여름에는 돌고래
가을에는 조랑말

겨울에는 토끼
계절마다 동물들이 집을 다 차지해
빈집이 없다

눈이 부시도록 타오르는 눈빛
그냥 사라지기엔 억울하고
숲을 파랗게 키우려는
지구전사 등에 태우고 으르렁으르렁 세계로 향해야지

생각을 탁본하는 밤

문어

물갈피에 글을 쓰는 선비

먹고
먹히는
ㄱ ㄴ ㄷ ㄹ
ㅏ ㅑ ㅓ ㅕ
홀소리와 닿소리

문어 발끝마다 흘러나오는 먹물냄새
행간에서 물비늘로 반짝인다

끊임없이 미끄러지는 글자들
누가 문어를 뼈 없는 동물이라 말했는가?

마르기도 전에 지워버리는 글이랑
한국에서 태어난 문어는
한글밖에 몰라
시를 번역하는 물고기를 만나지 못해
머리 가득 까만 먹물이 고인다

>

붓을 꺾어야 할까?

바다환경 살리려 마지막 먹물까지 짜낸다

펄펄 끓는

기적의 도서관

흡반처럼 빼곡한 도서들

인류와 동행하는 문어文語

인류에 기록되어 문화유산으로 남을 문어의 생태시

시간을 방목하다

산문이 공중에 걸렸습니다

열리고 닫히고 누구나 드나들 수 있고
들고나는
바람 홰치는 소리
방목의 시간은 엉덩이 털이 뽑히는 시간

구름이 능선의 고삐를 몰아
펄펄 끓는 추위를 방목하면
갈기 눕힌 큰산맥
하얀바람 서걱이는 옥수수밭
수수수 날아오르는 가지런한 문장

허공문에 걸린 거미줄에도
생각뿔이 돋아
여름에 방목된 빗소리는 모두
어디서 젖고 있는지 안부가 궁금한 하얀겨울

곤두박질치던 세상시름 하얗게 얼려 물소리 하얗고
허공도 날개도 다 얼려버린

아찔한 지구

신은 어쩌자고 시간을 방목해 두었을까요?

시감상 I

스피노자(1632~1677)는 지난 2천여 년 동안 종교와 철학의 심장에 꽂혀있던 말둑을 뽑아내며 새로운 이론을 말한다. 그 명제는 아주 단순하면서도 가슴에 꽂히게 한다. '신, 인간, 그리고 인간의 행복에 관한 짧은 논문'에서 그는 핵심적인 신념 '인간은 자연의 일부이며, 반드시 자연의 법칙을 따라야 하고, 그리고 자연만이 참된 숭배의 대상이다.'라며 인간은 돌과 나무와 짐승이 그렇듯이 그들과 동일한 방식으로 자연 왕국에 속해있다고 했다. 이런 단순한 명제는 세월이 흐를수록 더욱더 대단한 생각이었음을 실감한다. 특히 21세기 현재는 더더욱 그의 정신이 펄펄 살아나야 한다고 무덤 속에서도 외치는 것 같다. 그런 의미론적 방법론에 입각한 정구민 시인의 비유와 상징 그리고 환유를 적극 활용하고 있는 생태 시를 살펴보자.

반만년 나라를 지켜온 산신

백두대간 어슬렁거리며
발톱 내보였다
헛기침하다가
뻣뻣하게 수염 세우며
낮잠 자다가

나라 협박받으면

입 벌리고 날카로운 이빨로 위협하고

가난이 봄빛처럼 푸르르면

얼룩무늬털을 뽑아

산빛 푸르게 물들이며

터줏대감으로 살았다

이제 땅에선 종을 이어가기 힘들어

하늘로 이주하려니

봄에는 큰곰

여름에는 돌고래

가을에는 조랑말

겨울에는 토끼

계절마다 동물들이 집을 다 차지해

빈집이 없다

눈이 부시도록 타오르는 눈빛

그냥 사라지기엔 억울하고

숲을 파랗게 키우려는

지구전사 등에 태우고 으르렁으르렁 세계로 향해야지

생각을 탁본하는 밤

—「호랑이」 전문

우리나라 지도를 상징하고 우리 민족의 신앙인 호랑이답게 자신은 반만년 동안 나라를 지켜왔다고 자신만만하게 말하고 또 지구 전사를 등에 태우고 포효하며 세계로 향해 생각을 탁본한다고 말한다. 이 정도 호랑이라면 더는 설명이 필요 없을 듯하다. 시인은 또한 「문어」에서도 애국 사랑을 보이고 나아가서 세계 환경을 걱정한다.

물갈피에 글을 쓰는 선비

먹고
먹히는
ㄱ ㄴ ㄷ ㄹ
ㅏ ㅑ ㅓ ㅕ
홀소리와 닿소리

문어 발끝마다 흘러나오는 먹물냄새
행간에서 물비늘로 반짝인다

끊임없이 미끄러지는 글자들
누가 문어를 뼈 없는 동물이라 말했는가?

마르기도 전에 지워버리는 글이랑
한국에서 태어난 문어는
한글밖에 몰라

시를 번역하는 물고기를 만나지 못해
머리 가득 먹물이 고인다

붓을 꺾어야 할까?

바다 환경 살리려 마지막 먹물까지 짜낸다

펄펄 끓는
기적의 도서관
흡반처럼 빼곡한 도서들
인류와 동행하는 문어文語

인류에 기록되어 문화유산으로 남을 문어의 생태 시
—「문어」 전문

물고기 뱃속에도 플라스틱이 나온다는 뉴스가 나온다. 환경이 얼마나 급박하게 돌아가면 바다에 문어조차 생태 시를 쓰게 할까? 몰골이 서늘해지는 시다. 다음 시 역시 환경을 정화시키기 위한 시다.

산문이 공중에 걸렸습니다

열리고 닫히고 누구나 드나들 수 있고
들고나는

바람 홰치는 소리
방목의 시간은 엉덩이털이 뽑히는 시간

구름이 능선의 고삐를 몰아
펄펄 끓는 추위를 방목하면
갈기 눕힌 큰산맥
하얀바람 서걱이는 옥수수밭
수수수 날아오르는 가지런한 문장

허공문에 걸린 거미줄에도
생각뿔이 돋아
여름에 방목된 빗소리는 모두
어디서 젖고 있는지 안부가 궁금한 하얀겨울

곤두박질치던 세상시름 하얗게 얼려 물소리 하얗고
허공도 날개도 다 얼려버린
아찔한 지구

신은 어쩌자고 시간을 방목해 두었을까요?
—「시간을 방목하다」 전문

얼마나 환경의 다급함을 느꼈으면 에이아이(AI)가 시를 쓰고 소설을 쓰고 사회를 보며 인간의 일을 대신 해주는 첨단 과학 시대에 '신은 어쩌자고 시간을 방목해 두었을까요?'라고 신을 찾을까? 우리 인간은 가장 다급해 인간의 힘으로 도저히 불가능함을 느낄 때 절박함의 밧줄로 찾는 것이 신이다. 정구민 시인이 다급함을 느끼고 신을 찾는 심정으로 쓴 이 시를 읽는 세계 독자들이여 제발, 각성하고 앞으로 앞으로만 달리던 속도를 멈추고 지구의 신음을 들어주길 바란다.

환경 경전을 쓰면서 지구가 살아날 거라는 희망을 포기하지 않으면 지구의 건강한 미래도 기대해 볼 수 있으리라 생각한다.

책 숲 외 2편

글 나 라

울울창창
시야가 온통 푸르다

숲속에서
허파까지 깊숙이 들어오는 냄새

편백 뿜어내는 피톤치드 깔린 흙길
세상은 맑고 봄밤은 차분해진다

딱딱 따따따따
오색딱따구리
경쾌하게 봄을 쪼고 있다

멀리서 숲만 볼 일이 아니다
가까이 가면 알몸까지 보여주며
언제든 찾아가면 반기는 숲

자연은 온전히 마음을 비우고
누구에게든 고운별 하나씩 나눠주며

>

위로가 되고 치유의 길이 된다

책숲을 거닐다

반납기간이 지났다는 독촉문자를 받는다

봄, 저 천형

산벚나무 어우러진 연두숲
꽃 피는 소리에 귀가 먹네

곳곳마다 형형색색 물감 풀어
산수화를 그리는 화신火神

피는 꽃 지는 꽃 경계 없이
화사한 자태
새들의 연주회가
봄을 흔들어 놓네

꽃불춤 온산을 붉게 태우고
호수에 물고기
수평선을 지우네

나비는 훌라당훌라당 치마 들어 올리고
향기로운 냄새 세상은 아비규환이네

사방에 터지는 화력
망나니 불춤사위에

까맣게 타버린 환희

이 봄 꿈속 악몽을 그리던 화신
붓을 꺾으면 어쩌누!

습관잎

열대야로 잠들기 어려운 날
벼락 치며 혼내는 소나기 한줄기

일회용품으로 고통받던 쓰레기섬
걱정 한 트럭 싣고
탈 플라스틱 외치며
치료약 찾아 헤맨다

우도에서 시작한 친환경 프로그램
제주도 전역
대중교통 이용하는 날, 에어컨 끄는 날
아무것도 사지 않는 날, 일회용품 안 쓰는 날
환경 살리자고 외쳐대지만
편안함으로 밀착된 습관잎
액셀만 밟고 브레이크 조절 어렵다

시원한 물 한잔 꿀떡꿀떡 마시고
경고등 켜진 지구를 위해
환경오염 걱정 쌓이는 밤

>

습관잎 잘라내고

자연 살리는 각본 짜 세계 사람들에게 보내야겠다

시감상 |

정현종(前 연세대 교수, 시인)은 '현실적인 문제들에 대한 시 쓰기도 몽상적 비전이나 상상적 통합 속에서 이루어지며 이것이 불가불 시적 대응의 특징이라고 할 수 있다'라고 했다. 그런 점에서 본다면 지금 가장 중요하고 시급한 현실의 문제인 생태시도 보이는 일 즉, 빙하가 녹아내리고 물고기가 죽고 초목과 동물의 기형적인 모양과 보이지 않는 균 폭염 폭풍 같은 아주 작은 것에서부터 아주 큰 것까지 만휘군상萬彙群象에 이르기까지 모두 생명을 관장하고 있기에 날카롭게 인식하여야 자세히 관찰할 수 있고 관찰을 해야만 절실함을 깨달아 몽상적 비전이나 상상적 통합 속에서 모든 일이 연결되어있음을 깨닫고 추상적인 진술을 추가해 엮어낼 수 있는 것이라 생각한다. 그래야만 보이지 않는 것도 보아내 쓰고 만져지지 않는 것도 만지는 것처럼 알 수 있게 써낼 수 있다. 글나라 시인이 보고 만지고 써낸 시를 보면

울울창창
시야가 온통 푸르다

숲속에서
허파까지 깊숙이 들어오는 냄새

편백 뿜어내는 피톤치드 깔린 흙길
세상은 맑고 봄밤은 차분해진다

딱딱 따따따따
오색딱따구리
경쾌하게 봄을 쪼고 있다

멀리서 숲만 볼 일이 아니다
가까이 가면 알몸까지 보여주며
언제든 찾아가면 반기는 숲

자연은 온전히 마음을 비우고
누구에게든 고운별 하나씩 나눠주며

위로가 되고 치유의 길이 된다

책숲을 거닐다
반납기간이 지났다는 독촉문자를 받는다
—「책 숲」 전문

이 「책숲」은 상상력이 왕성하게 우거진 시다. 책숲에서 보석 같은 감정을 모아서 독자들에게 전달하고 있다. '반납기간이 지났다는 독촉문자'는 이미 지구가 위기를 넘어섰다는 경고 메시지를 이렇게 고도의 이미지화 시킨 것이다. 간절한 발언 형식으로 선명한 이미지를 그려낸 시다. 자칫 환경 시는 은유나 이미지를 건너뛰고 직설적 구렁텅이로 빠질 확률이 높은데 글나라 시인은 상상의 책숲길을 선명한 은유로 잘 써냈다. 시의 장인답다.

다음 시 「봄, 저 천형」에서도 '꽃 피는 소리에 귀가 먹네/ 곳곳마다 형형색색 물감 풀어/ 산수화를 그리는 화신火神'이라며 자연 속에 잠재되어 있는 언어를 꺼내 시적 은유로 어우러지게 한다. 불의 신이 산수화를 그린다는 말과 봄의 천형이란 말이 너무나 잘 어울리는 흘림체 같은 여백의 미를 느끼게 한다. 신이니 경계도 없이 꽃불들이 춤을 추며 온산을 붉게 태운다고 한다. 글나라 시인은 신들이 자연을 좌지우지하며 향연을 벌이고 향기로운 냄새가 아비규환으로 사방에 터지는 이 자연이 생태계 파괴가 두려워 반어법을 쓴 것이다. 마지막에 '붓을 꺾으면 어쩌누!' 하는 구절을 보면 아득함이 느껴진다. 다음 시를 보자.

열대야로 잠들기 어려운 날
벼락치며 혼내는 소나기 한줄기

일회용품으로 고통받던 쓰레기섬
걱정 한 트럭 싣고
탈 플라스틱 외치며
치료약 찾아 헤맨다

우도에서 시작한 친환경 프로그램
제주도 전역

대중교통 이용하는 날, 에어컨 끄는 날
아무것도 사지 않는 날, 일회용품 안 쓰는 날
환경 살리자고 외쳐대지만
편안함으로 밀착된 습관잎
액셀만 밟고 브레이크 조절 어렵다

시원한 물 한잔 꿀떡꿀떡 마시고
경고등 켜진 지구를 위해
환경오염 걱정 쌓이는 밤

습관잎 잘라내고
자연 살리는 각본 짜 세계 사람들에게 보내야겠다
―「습관잎」 전문

이 시가 독자들에게 전해주고자 하는 메시지는 마구 쓰고 마구 버리는 습관잎을 잘라내고 하루가 다르게 위험 수위를 높여가고 있는 이 지구 사람들에게 '자연 살리는 각본 짜 세계 사람들에게 보내야겠다'라는 말이다. 글나라 시인의 상징적 언어와 풍부한 감성의 표현이 그물로 직조되어 있다. 이 시의 은유를 이해해 시 속에 살고 있는 자연환경에 맞은 울림이 독자들 가슴속으로 메아리치면 좋겠다. 환경에 관한 시보다 더 거대담론巨大談論은 없을 것이다. 이 시가 지구촌을 날아다니는 경전으로써 톡톡한 몫을 해내리라 믿는다.

할 수 있어요 외 2편

최 이 근

여름 한낮
젖은등에 새나가는
비명부리는 바람
여름을 푸르게 흔들고 있다

어느 틈서 흘러왔는지
제살 늘리는 먼지덩이
눈총에 자라 부풀며 구르는
손을 뻗어 남루를 움켜쥔다

하얗게 피는 소리 감동
태극기가 펄럭인다

각이 열리니 젊음이 용솟음친다

톡톡 튀는 밝은 세대
믿지 못하던 부끄러움 접는다

그러면 그렇지 우리가 누군데
5천 년 역사에 뿌리가 있는 나라
인류와 지구를 다스릴 주인공들
환경을 살리는 질서 청춘들이 앞서간다

아리랑

아리랑을 불러
세월에 여백을 채우는
전장을 누비던 청년

뜸북뜸북 뜸북새 울음
전우들이 달려온다

참전용사 만찬장
아리랑이 애국가인 줄 알았다는 이방인

경제대국 군사력 보유국
문화강국 대한민국
노래하는 세계인

얼은 굴속에 간직해
굴속에서 살아나 부르는 아리랑
아리랑바람이 분다

기적을 낳고
행운을 키워 무궁무궁 꽃피우는 나라

바글거리는 진딧물에도 굳건히 버텨
세계환경을 살리려
남과 다른 시 쓰기꽃에 물주고 거름주고 비료주며

온 우주가 환하게
자자손손 손끝마다 피어날 자연꽃
그 이름도 찬란한 아리아리 아리랑꽃

골다공증 걸린 바람

골다공증에 걸린
휘어진 길을 간다

그때도 피어 있었지!

맑았던 모습을 기억하고
소리에 앉아 봄을 먹이고 있었지!

꽃잎 흔들어 자신 존재 알려도
벌나비 오지 않아 열매 없다고
새들 모여 의논하며 한숨

초록트림의
달강달강한 눈망울
향기 푸르게 반짝인다

꼬불꼬불한그늘 신은 음지
바닥 쓸어내는 수북한 소리에
허공 알알하다

>

옹이에 들어앉은 눈빛 눈물 고이고

바람뼈에 숭숭 구멍이 뚫려

찬바람이 들이친다

시감상 I

동물보호 활동가이기도 한 배우 호아킨 피닉스가 기획자로 참여한 제31회 스톡홀름영화제에서 최우수 다큐멘터리상을 받은 다큐멘터리 「군다」를 보면 생명 존중을 다시 한번 깨닫게 된다.

암돼지 한 마리가 새끼 돼지 열 마리를 출산해 세상에 갓 태어난 새끼 돼지들은 저마다 생존을 도모하고 어미 돼지는 태어난 새끼에게 젖을 물리면서도 출산을 이어간다. 「군다」는 돼지, 소, 닭의 평온한 일상을 담은 다큐멘터리다. 암돼지 한 마리, 새끼 돼지 열댓 마리, 소 열댓 마리와 닭 한 마리는 영화가 끝나도 관객의 마음속에서 꿀꿀 음매음매 꼬꼬댁꼬꼬댁 놀고 있다. 관객 마음에 동물이 이토록 오래 남는 이유는 인간의 시선을 걷어내고 동물의 입장에서 접근했기 때문이다.

잠시 햇빛을 쐬러 나온 어미 돼지 눈동자와 콧등에 들러붙는 파리는 개의치 않은 채 한가로이 초지를 거니는 소의 표정을 가감 없이 보여주고 외다리 닭이 닭장 밖으로 나올 때의 한 걸음을 마치 닐 암스트롱의 달 착륙 장면처럼 숭고히 걸어 나오는 외다리 닭의 걸음걸이 등 동물들의 감각을 함께 체험토록 하는 데 집중하고 그저 동물들의 오롯한 시간의 존엄함이 인간의 편의와 욕심에서 벗어나 그들 입장에서 서사를 담아내고 있다. 최이근 시인의 시 세 편을 보면

여름 한낮
젖은등에 새나가는
비명부리는 바람
여름을 푸르게 흔들고 있다

어느 틈서 흘러왔는지
제살 늘리는 먼지덩이
눈총에 자라 부풀며 구르는
손을 뻗어 남루를 움켜쥔다

하얗게 피는 소리 감동
태극기가 펄럭인다

각이 열리니 젊음이 용솟음친다
톡톡 튀는 밝은 세대
믿지 못하던 부끄러움 접는다

그러면 그렇지 우리가 누군데
5천 년 역사에 뿌리가 있는 나라
인류와 지구를 다스릴 주인공들
환경을 살리는 질서 청춘들이 앞서간다
—「할 수 있어요」 전문

아리랑을 불러

세월에 여백을 채우는
전장을 누비던 청년

뜸북뜸북 뜸북새 울음
전우들이 달려온다

참전용사 만찬장
아리랑이 애국가인 줄 알았다는 이방인

경제 대국 군사력 보유국
문화 강국 대한민국
노래하는 세계인
얼은 굴속에 간직해
굴속에서 살아나 부르는 아리랑
아리랑바람이 분다

기적을 낳고
행운을 키워 무궁무궁 꽃피우는 나라
바글거리는 진딧물에도 굳건히 버텨
세계환경을 살리려
남과 다른 시쓰기꽃에 물주고 거름주고 비료주며

온 우주가 환하게
자자손손 손끝마다 피어날 자연꽃

그이름도 찬란한 아리아리 아리랑꽃

—「아리랑」 전문

골다공증에 걸린

휘어진 길을 간다

그때도 피어 있었지!

맑았던 모습을 기억하고

소리에 앉아 봄을 먹이고 있었지

꽃잎 흔들어 자신 존재 알려도

벌나비 오지 않아 열매 없다고

새들 모여 의논하며 한숨

초록트림의

달강달강한 눈망울

향기 푸르게 반짝인다.

꼬불꼬불한그늘 신은 음지

바닥 쓸어내는 수북한 소리에

허공 알알하다

옹이에 들어앉은 눈빛 눈물 고이고

바람뼈에 숭숭 구멍이 뚫려

찬바람이 들이친다

—「골다공증 걸린 바람」 전문

세 편 모두 자연의 입장에서 자연이 되어 자연을 대변해 주고 있는 시다.

인간의 마음대로 획일성과 결정성을 거부하는 상상으로 인간과 자연의 이 친화적인 관계를 조절해내는 복화술腹話術에 독자들은 눈여겨볼 필요가 있다. 자본주의의 메커니즘은 인간을 부로 만드는 기계로 작동시키고 있다. 그러나 우리 인간에게 살아갈 숨을 불어넣어 주는 생명의 근원은 자연이라는 걸 잊어서는 안 될 것이다. 자연에서 시의 소재를 가져와 마치 현미경으로 들여다보듯 세밀하게 묘사해 독자들에게 각성을 불러일으키는 효과로 잘 써낸 환경 시다. 시인의 시가 환경 경전으로 전 세계를 날아다니고 있으니 곧, 자연이 최이근 시인에게 허리 굽혀 말할 것 같다.

고맙소!

글 숲 외 2편

고 윤 옥

숲에 불이 났다는 속보가 불길처럼 붉게 번진다

숙성 잘 된 숲을 양껏 마신 새빨간불
요란한 속보가 붉그락푸르락
화기를 풀무질하고 있다

별거 아닌 일에 화를 참지 못하고
원수처럼 등을 돌리고 말았다
가슴숲에도 불이 붙어 까맣게 다 탔다

화상 흉터는
문신으로 남아 아직도 따끔거린다

글을 쓰면서 생각한다
내가 심은 글숲도
불이 다 태우면 어쩌지?

'지구 살리는 일이니 태우지 마세요'
현수막을 내걸까?
여기까지 거닐고
글숲을 빠져나온다

불볕더위

억울해서 열 솟구치는 날
짜증을 끓이는 불볕더위

햇볕과 바람
짜증과 용서
문제와 해결사

오직 만남이 있어야
삼라만상은 줄줄이 이어지는 고로세

지구가 병들었다는 소문에
후다닥 출몰한 해결사

온난화 줄이자 고래고래 소리 지르며
환경운동에 불 부추기는데

이들의 합창은 세계를 휘저으며
문제 해결에 도움이 될 조짐

겸손 배려 인내 이해의 화음으로

죽음에서 부활을 꺼내고 있으니

해결사들의 목청이 찢어지는 날
지구는 건강 되찾고 평안을 꽃 피우리

무쇠솥

싸락눈이 종일 마음을 덮어
하얀세상을 완성시킨 날

어디까지 땅이고 어디부터 하늘인지
마음의 경계를 지우며 뽀얀천국을 만들고 있다

송편속 앙금처럼
몸안에 갇혀 탄성 지르고

행랑방 가마솥에선 쇠죽이 끓고
부뚜막 가마솥엔
콩이
몽글몽글 뭉치고 있다

강하고 단단한 강단으로
시뻘건불덩이 삼키느라
검게그을린엉덩이
슬픈혼례처럼 까만설움을 참는다

무쇠솥 상념 되어

생각을 다듬어 주는 저녁

죽은 화마들이

가마솥뱃속에 까맣게 달라붙어 빛이 실종되었다

시감상 I

균들이 날아다닌 것이 눈에 보여야만 인간은 정신을 차릴 것인가? 모기 한 마리만 앵앵거려도 밤새 잠을 설치는 나약한 인간이 보이지 않는 균들이 창궐해도 무감각하니 말이다. 나뭇잎 노랗게 물들어 곱게 살다가 가을비에 떨어져 땅 위에서 고운 자태로 눈 동그랗게 뜨고 쳐다봐 발꿈치를 들고 걸어가야 하는 그 평범한 일상이 이제 사라지려는가. 산비둘기 꾸루루 꾸루루 곱게 물든 나뭇가지에 앉아 산모롱이 걸어가는 산고양이를 바라보는 눈동자가 둘레길을 환하게 비추던 시간이 낭떠러지로 뛰어내리라 재촉하는가. 숲에 불이 났다는 시를 보고 놀라서 하는 말이다.

숲에 불이 났다는 속보가 불길처럼 붉게 번진다

숙성 잘 된 숲을 양껏 마신 새빨간불
요란한 속보가 붉그락푸르락
화기를 풀무질하고 있다

별거 아닌 일에 화를 참지 못하고
원수처럼 등을 돌리고 말았다
가슴숲에도 불이 붙어 까맣게 다 탔다

화상 흉터는

문신으로 남아 아직도 따끔거린다

글을 쓰면서 생각한다

내가 심은 글숲도

불이 다 태우면 어쩌지?

'지구 살리는 일이니 태우지 마세요'

현수막을 내걸까?

여기까지 거닐고

글숲을 빠져나온다

—「글 숲」 전문

어쩌나, 아무리 '지구 살리는 일이니 태우지 마'라고 해도 소용이 없고 사람들은 개 풀 뜯어 먹는 소리를 한다고 쳐다도 안 보니 현수막을 내걸 생각을 하다 시인마저 글숲을 빠져나오면 지구는 어찌하란 말인가? 다음 시 「불볕더위」에서도 시인은 '지구가 병들었다는 소문에/ 후다닥 출몰한 해결사// 온난화 줄이자 고래 고래 소리 지르며 환경운동에 불 부추기는데'라며 환경의 심각성을 외치고 있다. 존엄한 삶이란 깊은 사유로 타자에게나 자연에 푸른 생명을 위해 기꺼이 스스로 맨발의 통증을 이겨내며 새로운 인식의 지평을 열어가는 것이다. 고윤옥 시인은 생명의 원천인 자연을 예언자적 시각으로 바라보며 환경 경전을 써나간

다. '해결사들의 목청이 찢어지는 날/ 지구는 건강 되찾고 평안을 꽃 피우리'에서는 아무리 절박하게 환경의 중요성을 외쳐도 자기변명만 늘어놓고 뉘우침은 없는 인간의 영혼에 해법을 투시하고자 하는 도치법을 취하고 있다.

싸락눈이 종일 마음을 덮어
하얀세상을 완성시킨 날

어디까지 땅이고 어디부터 하늘인지
마음의 경계를 지우며 뽀얀천국을 만들고 있다

송편속 앙금처럼
몸안에 갇혀 탄성 지르고

행랑방 가마솥에선 쇠죽이 끓고
부뚜막 가마솥엔
콩이
몽글몽글 뭉치고 있다

강하고 단단한 강단으로
시뻘건불덩이 삼키느라
검게그을린엉덩이
슬픈혼례처럼 까만설움을 참는다

무쇠솥 상념 되어

생각을 다듬어 주는 저녁

죽은 화마들이

가마솥뱃속에 까맣게 달라붙어 빛이 실종되었다

—「무쇠솥」 전문

「일상생활 비판」으로 유명한 프랑스 철학자 앙리 르페브르는 '자본은 자연을 죽인다. 자본은 도시를 죽인다. 그럼으로써 스스로의 근거를 파괴한다. 자본은 예술적 창조, 창조적 능력을 죽인다. 자본은 급기야 최후의 원천인 자연, 조국, 뿌리마저 위협한다. 자본은 인간을 고향에서 쫓아낸다. 사람들은 시도 때도 없이 기술을 내세운다. 그러나 기술은 살아 있는 것에서 산출되는 것이 아니다.'라고 했다. 인간의 욕심이 인간의 영혼을 피폐하게 만들어 '무쇠솥 상념 되어/ 생각을 다듬어 주는 저녁/ 죽은 화마들이/ 가마솥뱃속에 까맣게 달라붙어 빛이 실종되었다'와 같은 철학이 담긴 이 시들이 달아오른 열기를 식히지 말고 무쇠솥처럼 세계를 향해 다니며 환경 경전 역할을 톡톡하게 해낼 거라 믿는다.

3부

하얀울음 외 2편

글 빛 나

국화울음소리 하얗게 날아다닌다

백옥같은 웃음
흰모시적삼 곱게 차려입고
벌나비를 하양 기다려도
찬바람만 불고
오지 않는 사랑

곧 눈이 내리고
목탁은 시간을 돌리고

아침이면 붕붕이나 하랑하랑 소리 듣고
저녁에 눈감아도 좋은
슬픔이 앉았던 자리
날갯짓 멈춘 페이지위로 날아든 하얀울음

얼마나 많은 시간 하얗게 태워야
벌나비 찾아올까?

모자란 시간 찾아

발갛게 언 맨발

처연한 울음이여

풀려나다

태풍 손아귀에서 스르르 풀려난다

낯선 곳들을 실어나르는 암호

지난여름에서 가을 틈새 어디쯤 두고 온
사람들의 기형적인 욕심에서 풀려난
태풍의 주파수는 아무도 눈치채지 못한다

몸 달뜨게 사랑했던 결고운바람
성난 야성의 호랑이로 돌변
한바탕 으르렁거리며 지나간 자리
다시 고운숨결 되어 코털을 가르며 목숨을 이어간다

영원한 건 아무것도 없어
돌고 돌아
잠깐 환하게 비추고 꺼지는 꿈

오전에 그림자로 살던 곳 오후엔 햇빛이 사는 일
이 모든 것 풀려나면 어디로 가야 하나?

>

낮에서 풀려나는 햇빛의 장엄한 울음

맨드라미가 붉게 피는 이유다

제발,

엎질러진 물 담을 수 있을까?

장맛비 도랑물소리 그려내고
청개구리 토란잎 키우고

나뭇잎 띄운 감로수
아리수 출렁이는 나라

금강산 봉우리마다 굽이치는 푸른기백
흐르는 혼 주워 담아 보지만
너덜거리는 지구

햇살 바람 빗줄기 마시며
문풍지 흔들어대던 물소리 흐느끼고
불볕더위 인간을 찌고 있다

제발
제발

찔레꽃 향기 떠 있는 냇물

몸 불리는 보름달 볼 수 있다면

결의하듯 새파랗게 눈뜨고 지구촌을 습격하는 이상기후
별국이라도 끓이면 도돌이표로 돌아올까?

시감상 |

글빛나 시인의 시는 풍자와 해학 엽기적 묘사와 아이러니가 잘 버무려진 시다.

꽃향기의 율동이 늦가을까지 화롱거리고 강물 소리에 물고기들이 파닥이며 수초들과 함께 유희를 즐기는 것을 보면서 점점 악화되어가는 환경을 걱정하며 잘 직조해낸 시다. 자본주의 메커니즘mechanism은 인간을 부富를 쌓기 위한 기계로 전락시키고 생산의 수치밖에 모르도록 황금의 높이를 향해 전력 질주하도록 강요하고 있다. 생명 파괴를 유발하는 일이 자명함에도 그 파괴 행위의 책임은 개인의 문제로 치부해버리는 자본주의 시대를 걱정하며 더 이상 자연의 경이로움과 아름다운 생명력을 유지하기 위한 몸부림으로 쓴 시다.

「하얀울음」에서 시인은 '국화울음소리 하얗게 날아다닌다'고 한다. 화려한 자태와 향기를 뿜어내야 할 국화가 울음을 울고 있다. 환경이 파괴되어

'백옥같은 웃음/ 흰모시적삼 곱게 차려입고/ 벌나비를 하양 기다려도/ 찬바람만 불고/ 오지 않는 사랑' 곤충이 사라지면 인간도 사라진다. 시인은 그래도 희망 끈을 놓지 않고 '얼마나 많은 시간 하얗게 태워야/ 벌나비 찾아올까?' 하고 '발갛게 언 맨발'로 '처연한 울음'을 울며 하양 기다리고 있다고 한다. 독자들에게 안일한 생각과 무관심을 해체시키기 위해 의도적으로 벌나비가 찾

아올까? 하고 고발하고 있는 것이다.

다음 시문을 열어보자.

태풍 손아귀에서 스르르 풀려난다

낯선 곳들을 실어나르는 암호

지난여름에서 가을 틈새 어디쯤 두고 온
사람들의 기형적인 욕심에서 풀려난
태풍의 주파수는 아무도 눈치채지 못한다

몸 달뜨게 사랑했던 결고운바람
성난 야성의 호랑이로 돌변
한바탕 으르렁거리며 지나간 자리
다시 고운숨결 되어 코털을 가르며 목숨을 이어간다

영원한 건 아무것도 없어
돌고 돌아
잠깐 환하게 비추고 꺼지는 꿈

오전에 그림자로 살던 곳 오후엔 햇빛이 사는 일
이 모든 것 풀려나면 어디로 가야 하나?

낮에서 풀려나는 햇빛의 장엄한 울음

맨드라미가 붉게 피는 이유다
—「풀려나다」 전문

이 시는 사회의 부조리와 모순으로부터 생명이 파괴되어가는 것을 막으려는 의도를 아주 단순 명료하게 규명한다. '지난여름에서 가을 틈새 어디쯤 두고 온/ 사람들의 기형적인 욕심에서 풀려난/ 태풍의 주파수는 아무도 눈치채지 못한다' 여기에 사족이 더 필요하지 않을 것 같다. 생태 시는 자연에서 시의 소재를 가져온다. 자연이 곧 인간이기 때문이다. 다음 시 제목「제발,」은 제발, 이제 인간과 자연의 상생을 모색하는 계기가 되었으면 하는 간절한 바람의 시다.

엎질러진 물 담을 수 있을까?

장맛비 도랑물소리 그려내고
청개구리 토란잎 키우고

나뭇잎 띄운 감로수
아리수 출렁이는 나라

금강산 봉우리마다 굽이치는 푸른기백
흐르는 혼 주워 담아 보지만
너덜거리는 지구

햇살 바람 빗줄기 마시며
문풍지 흔들어대던 물소리 흐느끼고
불볕더위 인간을 찌고 있다

제발
제발

찔레꽃 향기 떠 있는 냇물
몸 불리는 보름달 볼 수 있다면

결의하듯 새파랗게 눈뜨고 지구촌을 습격하는 이상기후
별국이라도 끓이면 도돌이표로 돌아올까?
—「제발,」 전문

독일의 생태 시인 하인츠 쉬네바이스는 생태계 파괴로 인해 감수해야만 하는 인체의 파멸 과정을 엽기적으로 묘사함으로써 생명에 대한 경각심을 일깨운 시들을 썼다. 생태계 파괴와 환경오염의 실상이 인간에게 어떤 결과를 낳게 하는지 보여주는 시다. 생명존중이란 아무리 강조해도 지나치지 않다. 자연 존중은 곧 모든 생명의 존중이고 이 지구는 인류 공동의 삶의 터전이다.

지구의 종말론을 이야기할 정도로 지구는 깊은 병이 들었다.

별국이라도 끓여 먹여 도돌이표로 돌아오게 하고픈 절실한 외침 기도 같은 환경 시에 사람들이여 무관심을 니체의 망치로 깨고 관심으로 돌아와 함께 지구를 살리자는 지구의 어머니의 마음으로 간곡하게 쓴 글빛나 시인의 시를 읽고 세계인이 모두 환경을 살릴 방도를 구하기 위해 손잡길 기대해본다.

결자해지結者解之 외 2편

권 택 용

쏟아지는 비를 누가 막을까?

우산 가진 사람은 어리석은 산이 되어
길 나서길 주저하네

온난화로
높아만 가는 여름기온
찜통더위 가마솥더위
이젠 뭐라 부를까?

사람이 하늘과 땅을 다 병들게 했으니
이 일을 어찌하랴

폭우 폭염 폭풍 폭설
난폭을 무기로 삼는 것들
주식 투자자
폭등이 좋겠지만
폭등 있으면 폭락 있으니
좋은 폭은 치마폭뿐

>

기후위기

인간의 오만이

악화시켰으니

인간이 해결해야지

생각씨앗

보여다오
빙하에서 살아가는
북극곰의 겨드랑이

뒤뚱뒤뚱 아장아장
펭귄의 젖가슴을

플라스틱 쓰레기 가득한
고래뱃속을

중병 앓고 있는
지구의 심장과 폐를
보여다오

살려다오
병든 지구를

이 세상 제일 큰나무
자이언트 세쿼이아
2천 년 전에는

6백 분의 1g 불과한 씨앗

병든지구 살리려면, 어떤

생각의 씨앗 뿌려야 하나

어느 가을날

화양강 휴게소 울타리아래
어느 가을이 활짝 웃는다

맹위를 떨치던 더위 밀어내고

인제 도착한 기적의 도서관
환경시를 쓰는 시인들을 만나기 위해
얼마나 오랜시간을 달려왔는지
애썼다고 고생했다고 고맙다고
하늘이 내려다보며 파랗게 웃는다

설악산 울산바위 안개는 하얀 무명치맛자락속에 기적이 있다고
보여줄듯 말듯 치맛자락 펄럭이는데
저 치마속에 든 비밀을 알아내기 위해
환경시를 쓰는 시인들이 몰려가니

그 하얀비밀은
울울울울 소리를 내며 울고 있었어

그래그래 토닥이니 비밀을 걷고

젖가슴속 비밀을 보여준 울산바위
인제 기적이 곧 올거라나

시감상 I

알퐁소 도테의 소설「별」에 보면 뤼르봉 산에서 양치기를 하던 시절 2주에 한 번씩 양식을 가지고 오는 노라드 아주머니를 목 빠지게 기다리는데 그 이유는 아름다운 스테파네트 아가씨의 소식을 기다리는 것이다. 그런데 어느 날 그는 소나기로 불어난 강을 건너려다 그만 물에 빠져 흠뻑 젖은 채 떨고 있는 아가씨에게 모닥불을 활활 피워 시냇물에 젖은 발과 옷을 말리게 하고 하늘을 쳐다본다. '아름다운 별똥별이 한 줄기 광선처럼 우리 머리 위를 스쳐 지나갔습니다. 저게 뭐니? 천국으로 들어가는 영혼이에요'라는 장면이 나온다. 권택용 시인의 시에서는

쏟아지는 비를 누가 막을까?

우산 가진 사람은 어리석은 산이 되어
길 나서길 주저하네

온난화로
높아만 가는 여름 기온
찜통더위 가마솥더위
이젠 뭐라 부를까?

사람이 하늘과 땅을 다 병들게 했으니
이 일을 어찌하랴

폭우 폭염 폭풍 폭설
난폭을 무기로 삼는 것들
주식 투자자
폭등이 좋겠지만
폭등 있으면 폭락 있으니
좋은 폭은 치마폭뿐

기후위기
인간의 오만이
악화시켰으니
인간이 해결해야지
—「결자해지結者解之」 전문

'쏟아지는 소나기를 누가 막을까? 라고 표현해 묘한 동질감이 느껴진다. 소나기라는 말은 참 운치 있는 말이지만 폭우란 말엔 난폭함이 들어있다. 인간이 자초한 이 폭우 폭염 폭풍 폭설을 누가 막을 것인가? 소나기, 더위, 강한 바람, 많은 눈이 정겨운 말들 대신 난폭한 '폭'이란 말이 어울릴 정도로 인간은 자연을 화나게 했다. 자연도 살아야 하기에 화를 내서라도 살아남으려고 인간한테 경고하는 것이다. 그러나 인간은 경고에는 아무 관심이 없고, 댐을 만들고 에어컨을 만들어 자연에 저항하지만, 그러나

이것 역시 자연 앞에서는 무력할 뿐이다. 권택용 시인의 말대로 '인간의 오만이/ 악화시켰으니/ 인간이 해결해야지' 지구촌 인간이 이 시를 눈여겨보길 바란다. 다음 시 「생각씨앗」 역시 인간이 저질러 놓은 만행에 뒤늦은 애원을 하는 시다. 북극곰에게는 '보여다오/ 빙하에서 살아가는/ 북극곰의 겨드랑이'를 보고 싶다 애원하고 펭귄에게는 '뒤뚱뒤뚱 아장아장/ 펭귄의 젖가슴' 귀여운 모습을 보고 싶다고 애원하지만 고래 뱃속에까지 플라스틱 쓰레기 가득하고 지구의 심장과 폐까지 중병을 앓고 있다. 시인은 지구가 앓고 있는 심장과 폐를 보여줘야만 사람들이 지구의 병이 심각함을 깨달을 거로 생각한 것이다. 휴~폐에서 깊은 한숨이 나온다. 왜 사람들은 이리도 바보 같은 짓을 할까?

시인도 환경 경전을 쓰다 지쳤는지 이제 시선을 희망적인 곳으로 돌린다.

> 화양강 휴게소 울타리아래
> 어느 가을이 활짝 웃는다
>
> 맹위를 떨치던 더위 밀어내고
>
> 인제 도착한 기적의 도서관
> 환경시를 쓰는 시인들을 만나기 위해
> 얼마나 오랜시간을 달려왔는지
> 애썼다고 고생했다고 고맙다고
> 하늘이 내려다보며 파랗게 웃는다

설악산 울산바위 안개는 하얀 무명치맛자락속에 기적이 있다고
보여줄듯 말듯 치맛자락 펄럭이는데
저 치마속에 든 비밀을 알아내기 위해
환경시를 쓰는 시인들이 몰려가니

그 하얀비밀은
울울울울 소리를 내며 울고 있었어

그래그래 토닥이니 비밀을 걷고
젖가슴속 비밀을 보여준 울산바위
인제 기적이 곧 올거라나
—「어느 가을날」 전문

권택용 시인의 시를 읽고 나니 심장이 먹먹해진다. 기적이 올 것인가? 기후 전문가들 이야기로는 회복은 어렵고 더 나빠지지 않게 하는 것이 최선이라고 한다. 시인은 새로운 가치와 의미추구를 하는 사람이다. 자연이 회복되어 푸르른 공기와 맑은 영혼을 조화시켜 다이돌핀을 생성해 신선한 충격을 형성하면 좋겠다. 자연의 순리를 거스르지 말고 망가진 자연을 회복시켜주는 간절한 바람이 깃든 시다. 이 시가 전 세계를 날아다니며 역사에 길이 남을 환경 경전이 될 것이라 믿는다.

고장난 세상 외 2편

우 재 호

심하게 구겨져 아슬아슬한 산길

검은구름 불러 모아
칠흑 같은 밤 만드는 바람의 눈알이 붉다

숨 턱에 차
어지러운 발길
앞 가로막는 안개

빗줄기 눈부신 섬광
갈기갈기 찢긴 나무들
머리칼 곤두세우고
하얀경고 쉼 없이 흩뿌리는 빗방울

거대한 손바닥 안
문명 바벨탑
가뭄 홍수 산불 질병
울부짖는데

귀 막고 눈 감고 파멸 향해 돌진하는 개발

>

고장난 역사

얽히고설킨 세상사 휘감기고

지구 남은 초침

마지막 순간 향해 달음질친다

쓸쓸한 말 1

하늘에 산새들 지저귐 둥실 떠다니고
꽃샘바람 동네 이집 저집 담을 넘는 날
어디선가 맵고 독한냄새
냄새나는 곳 둘러보니
할아버지가 드럼통속 온갖 쓰레기 구겨 넣고
태우고 있다

모종용 플라스틱판
멀칭용 검은 비닐
물건 담아온 스티로폼
포장용 종이상자
종이컵
나무젓가락
한번 이용하고 버림받은 일회용 물품들
어지러이 매운 연기 품으며
불속에 갇혀 몸을 태우고 있다

불 옮겨붙은 폐비닐이
검은 눈물 뚝뚝 떨군다
어르신

이런 비닐이나 플라스틱은
함부로 태우시면 안 돼요
이런 것 태울 때 유독물질이 많이 나와요

어르신 왈
나는 그런 거 몰러

쓸쓸한 말 2

이렇게 폐기물 마구 태우면 공기 오염돼서
사람들 병들고 아프게 되잖아요

전엔 비닐 모아놓으면 가끔 걷어 가기도 했는데
요즘은 가져가지도 않고
바람 불면 다 날아가서 논밭 다 덮어버리고
묻히면 썩지도 않고
어쩔 수 없이
이렇게라도 태워야 혀!

젊은 사람들 다 도시 나가고
노인네들만 사는데
근력이 부쳐
농사도 먹을 것만 짓다 보니
쓰레기봉투 사 쓰는 것도 부담 가

짓궂은 봄바람이 미루나무위에
비닐을 걸어놓고
이리저리 마구 흔들며 장난을 치고 있다

>

한번 쓰고 버려진 폐비닐이 나부끼며

시골 마을 현주소 알려주고 있다

시감상 I

1850년대에 나온 소설 허먼 멜빌의 「모비 딕」은 당대의 고래잡이 거대한 향유고래를 잡는 선원들의 얘기다. 선장 에이허브는 불굴의 의지를 지닌 외다리를 가진 사람이다. 인간과 자연의 투쟁에 대한 정신을 담고 있는 이 작품은 인류가 어떻게 불굴의 의지를 가지고 자연을 정복하며 생존해 왔는가를 기록한 허먼 멜빌이 문학사에 남길 불세출의 작품이다. 이 한 편으로 길고 긴 문학사에 이름을 떨쳤기 때문이다. 그러나 환경 시를 쓰는 입장에서 보면 고래가 기후변화에 얼마나 깊은 영향을 끼치는가를 생각해 보지 않을 수가 없다. 에이허브 선장처럼 복수심으로 마구잡이로 동물을 잡으면서 자신의 의지를 실현하게 한다는 쪽에서는 다른 의견이다. 문제는 고래가 멸종되면 기후변화 문제에 심각한 타격을 끼치게 된다는 것이다.

다큐멘터리 「인탱글드」를 보면 고래는 대기 중 탄소를 흡수하는 동물로 긴 수명을 사는 동안 몸에 탄소를 축적한 후 죽을 때는 바다 밑으로 가라앉는데 이때 가져가는 이산화탄소의 양이 한 마리당 평균 33톤이라고 한다. 고래는 또 플랑크톤의 양을 절대적으로 증가시키며 고래들은 수면 위로 올라와 배설하는데 그 배설물로 인해 식물성 플랑크톤이 자라게 된다고 한다. 플랑크톤은 대기 중 산소의 50%를 만들어 내고 반대로 대기 안에 있는 이산화탄소의 40%를 흡수한다고 한다. 양으로 따지면 37억 톤에 해당한다. 이걸 아마존과 비교하면 아마존 면적의 4배, 나무 수로는 1조7천억 그루에 해당한다고 한다. 탄소 위기는 곧 기후 위기라는 말이다. 대기 중 탄소의 양을 얼마나 줄이느냐에 따라 위기의 수위를 조절할 수 있는 것이다.

이런 이론으로 본다면 우재호 시인의 말대로 세상은 이미 「고장난 세상」이 되었다고 해도 과언이 아니다.

> 심하게 구겨져 아슬아슬한 산길
>
> 검은구름 불러 모아
> 칠흑 같은 밤 만드는 바람의 눈알이 붉다
>
> 숨 턱에 차
> 어지러운 발길
> 앞 가로막는 안개
>
> 빗줄기 눈부신 섬광
> 갈기갈기 찢긴 나무들
> 머리칼 곤두세우고
> 하얀경고 쉼 없이 흩뿌리는 빗방울
>
> 거대한 손바닥 안
> 문명 바벨탑
> 가뭄 홍수 산불 질병

울부짖는데
귀 막고 눈 감고 파멸 향해 돌진하는 개발

고장난 역사
얽히고설킨 세상사 휘감기고

지구 남은 초침
마지막 순간 향해 달음질친다
—「고장난 세상」 전문

'가뭄과 홍수 질병'이 온 세상을 향해 울부짖는데도 '귀 막고 눈 감고 파멸 향해 돌진하는 개발// 고장난 역사'가 '마지막 남은 초침'을 향해 달음질치고 있다. 이 경구를 읽고도 감각이 없다면 이미 살아가길 스스로 포기하는 건지도 모른다. 시인이 다시 또 하소연하는「쓸쓸한 말」을 읽어보자.

하늘에 산새들 지저귐 둥실 떠다니고
꽃샘바람 동네 이집 저집 담을 넘는 날
어디선가 맵고 독한냄새
냄새나는 곳 둘러보니
할아버지가 드럼통속 온갖 쓰레기 구겨 넣고
태우고 있다

모종용 플라스틱판

멀칭용 검은비닐

물건 담아온 스티로폼

포장용 종이상자

종이컵

나무젓가락

한번 이용하고 버림받은 일회용 물품들

어지러이 매운 연기 품으며

불속에 갇혀 몸을 태우고 있다

불 옮겨붙은 폐비닐이

검은눈물 뚝뚝 떨군다

어르신

이런 비닐이나 플라스틱은

함부로 태우시면 안 돼요

이런 것 태울 때 유독물질이 많이 나와요

어르신 왈

나는 그런 거 몰러

—「쓸쓸한 말 1」 전문

정말 몰라서 모르는 걸까? 귀찮아서일까? 아니면 이제 살 만큼 살았으니 모르겠다는 걸까? 남의 조상이 되어서 저렇게 무책임한 말을 하는 걸 들은 시인은 얼마나 화가 나고 답답했으면 두

편의 시를 쓸쓸하게 썼다. 시인이 말하는 어르신이라는 건 비단 그 사람만 말하는 것이 아니라 모두가 '몰러'라고 무관심하게 쓰고 버리는 것을 질책하고 있는 것이다. 「쓸쓸한 말 2」에서는 다시 한번 모른다는 말을 못 하게 공손하게 설명하고 있다. '이렇게 폐기물 마구 태우면 공기 오염돼서/ 사람들 병들고 아프게 되잖아요' 핑계 모자랄까? 시인이 설명해도 또다시 변명을 늘어놓는 사람들 '젊은 사람들 다 도시 나가고/ 노인네들만 사는데/ 근력이 부쳐/ 농사도 먹을 것만 짓다 보니/ 쓰레기봉투 사 쓰는 것도 부담 가' 이걸 변명이라고 하는가? 세상에 어떤 일이든 하기 싫으면 변명부터 나오고 하고자 하면 방법을 찾는다. 사람들은 변명에 익숙해져 방법을 찾지 않고 함부로 환경을 어지럽히고 있다는 말을 시인은 충고하고 있는 것이다. 씁쓸한 바람이 불어온다. 그래도 이 경전이 세계로 날아다니며 환경 파수꾼이 되리라 믿으며 희망 꽃을 피워본다.

환경지표종* 環境地表種 외 2편

세 정

멀고 가까운 곳 가리지 않는 꿀벌

자연 생태계 환경지표종으로 선택되었지만
인간이 사용한
화학물질로
오염된 꽃가루 먹은 벌
비틀거리다 사라져 갔다

꿀을 모으고 수분受粉했던 벌
100종류의 식물 중 71개가 꿀벌에 의존하는 꽃가루받이
양파 당근 사과 꿀벌 기여도 90% 이상

벌의 죽음을 슬퍼하던 판부면 금대리 정명렬님
원주시 판부면 금대리 영원사 성보담스님
1999년 9월 9일 토종벌을 위한 꿀벌 위령탑 세웠다

2천 년 역사
토종벌 영혼을 위해 세운 위령탑
꿀벌 목숨 흔들지 말고 함께 살자고
너도 살고 나도 사는 공생의 길에

꿀벌이 인간으로 환생할지 모른다는데…

* 생태계의 건강을 관찰하거나 평가하는데 사용되는 유기체

생각의 울타리

햇빛 바람 물
적정한 체온을 받아 싹을 틔우는 순간
뽑힘을 당하거나 제초제 마셔야 한다

바람이 데려다주는 곳이면 어디든
정착하고 뿌리를 내리고 꿋꿋이 살아남아도
잡초라는 이름이 붙는다

인간들 잣대로 독풀이거나 약풀이거나 정한다
푸른소리가 쑥쑥 자라는 계절
한번 뿌려진 제초제는 7년 동안 독성이 남아
식물 죽이고 곤충 죽이고 땅을 죽인다

풀풀풀 날아오르는 푸르름을
검은비닐 씌워
생각의 울타리 가두어 버린다

당연하고 습관적으로 생각하는 제초제
덜덜덜 덜 뿌리고 덜 사용하면
땅 살고 풀 살고 곤충 살고 친환경 되고

공허

아프가니스탄 폭설
인도 폭염 대홍수
유럽 500년만의 가뭄
이라크 모래폭풍
미국 서부 가뭄 산불
케냐 아프리카 소말리아 멕시코 가뭄
나이지리아 홍수
중국 61년만의 최악 가뭄

지구가 뒤집히고
튀르키예 지진
파키스탄 북부 빙하 녹아 인더스강 불어난 물

고통받는 지구가 사라지면
생명은 어디서 살아야 하나?
욕망을 위한 욕망
세상의 끝

두 몸이 한 몸 되어 양분을 나누는 연리지連理枝
서로가 서로를 살려내는 나무처럼
지구와 인간도 서로서로 살리면 안 될까?

지구의 신음 허공 가득 흩어진다

시감상 I

유대계인 프란츠 카프카(1883~1924)의 「변신」에서 외판원 그레고르 잠자는 어느 날 아침 눈을 뜨자 자신의 몸이 이상하게 변해 있는 것을 발견한다. 자신의 몸이 어느 사이에 무수한 다리를 지닌 한 마리 커다란 벌레로 바뀌어 있었던 것이다. '이게 어떻게 된 일일까'하고 생각해 보았으나, 분명히 꿈은 아니었다.

나는 이 소설을 읽으면서 엄청난 충격을 받은 기억이 난다. 환경을 살리기 위한 경전을 쓰는 세정 시인의 시를 보면 다시 생각나게 하는 변신. 만약 어느 날 눈을 떴는데 지구가 숨을 쉴 수 없게 변하고 초목들이 모두 균이 되어 우리에게 공격해 오면 어쩔까? 우리는 이 일을 현실이라고 받아들이기 쉽지 않을 것이다.

그러나 요즘 매일매일 변해가는 지구를 보며 카프카의 변신처럼 어느 날 느닷없이 지구가 괴물이 되어 우리에게 반격을 가할 수도 있다고 생각해 본다. 이 위협을 느끼며 쓴 세정 시인의 시를 읽어보자.

> 멀고 가까운 곳 가리지 않는 꿀벌
>
> 자연 생태계 환경지표종으로 선택되었지만
>
> 인간이 사용한
>
> 화학물질로
>
> 오염된 꽃가루 먹은 벌

비틀거리다 사라져 갔다

꿀을 모으고 수분受粉했던 벌
100종류의 식물 중 71개가 꿀벌에 의존하는 꽃가루받이
양파 당근 사과 꿀벌 기여도 90% 이상

벌의 죽음을 슬퍼하던 판부면 금대리 정명렬님
원주시 판부면 금대리 영원사 성보담스님
1999년 9월 9일 토종벌을 위한 꿀벌 위령탑 세웠다

2천 년 역사
토종벌 영혼을 위해 세운 위령탑
꿀벌 목숨 흔들지 말고 함께 살자고
너도 살고 나도 사는 공생의 길에
꿀벌이 인간으로 환생할지 모른다는데…
—「환경지표종環境地表種」 전문

꿀벌의 위령탑을 세운 분도 대단 하지만, 그 위령탑을 보고 무심코 지나치지 않고 시로 엮어내는 세정 시인 역시도 환경 시를 쓰는 사람이 아니었다면 그냥 지나치고 말았을 것이다. '멀고 가까운 곳 가리지 않은 꿀벌// 자연 생태계 환경지표종으로 선택되었지만/ 인간이 사용한/ 화학물질로/ 오염된 꽃가루 먹은 벌/ 비틀거리다 사라져 갔다' 충격적이지 않을 수 없다. 벌이 죽으면 4년 이내에 인간도 죽는다는 아인슈타인의 말을 우리 인간은 잊

은 것일까? 전체 농작물의 대부분이 꽃가루받이를 통해 생산되는 만큼 벌의 멸종은 우리에게 큰 위험이 될 수 있다는 의미를 가지고 있다. 현기증이 하얗게 인다. 다음 작품을 보자.

햇빛 바람 물
적정한 체온을 받아 싹을 틔우는 순간
뽑힘을 당하거나 제초제 마셔야 한다

바람이 데려다주는 곳이면 어디든
정착하고 뿌리를 내리고 꿋꿋이 살아남아도
잡초라는 이름이 붙는다

인간들 잣대로 독풀이거나 약풀이거나 정한다

푸른소리가 쑥쑥 자라는 계절
한번 뿌려진 제초제는 7년 동안 독성이 남아
식물 죽이고 곤충 죽이고 땅을 죽인다

풀풀풀 날아오르는 푸르름을
검은비닐 씌워
생각의 울타리 가두어 버린다

당연하고 습관적으로 생각하는 제초제
덜덜덜 덜 뿌리고 덜 사용하면

땅 살고 풀 살고 곤충 살고 친환경 되고
—「생각의 울타리」 전문

모든 생명은 고유의 목숨을 얻어 이 지구에 태어나건만 인간은 자신의 잣대로 '독풀이거나 약풀이거나 정한다'. 그렇게 정해놓고 풀이란 이름엔 잡초라는 누명을 씌워 제초제를 뿌려 '풀풀풀 날아오르는 푸르름을/ 검은비닐 씌워/ 생각의 울타리 가두어버린다'. 풀의 입장에서 보면 인간이 살인자가 아닌가? 더 이상의 말은 필요치 않을 것 같다. 같은 환경적인 맥락에서 보면

아프가니스탄 폭설
인도 폭염 대홍수
유럽 500년만의 가뭄
이라크 모래폭풍
미국 서부 가뭄 산불
케냐 아프리카 소말리아 멕시코 가뭄
나이지리아 홍수
중국 61년만의 최악 가뭄

지구가 뒤집히고
튀르기예 지진
파키스탄 북부 빙하 녹아 인더스강 불어난 물

고통받는 지구가 사라지면

생명은 어디서 살아야 하나?

욕망을 위한 욕망

세상의 끝

두 몸이 한 몸 되어 양분을 나누는 연리지連理枝

서로가 서로를 살려내는 나무처럼

지구와 인간도 서로서로 살리면 안 될까?

지구의 신음 허공 가득 흩어진다

—「공허」 전문

폭설과 폭염과 대홍수 가뭄 산불로 지구가 뒤집히고 있다. '고통받는 지구가 사라지면/ 생명은 어디서 살아야 하나?/ 욕망을 위한 욕망/ 세상의 끝' 너무나 아찔하다. 시인은 더는 눈 뜨고 볼 수 없어 또다시 사람들에게 하소연한다. '두 몸이 한 몸 되어 양분을 나누는 연리지連理枝/ 서로가 서로를 살려내는 나무처럼 지구와 인간도 서로서로 살리면 안 될까?'라고. '지구의 신음 허공 가득 흩어'지고 있는데도 무심무심 무심으로 살아가고 있는 사람들에게 세정 시인이 간곡히 간곡히 하소연하고 있다. 이 경전이 세계로 날아다니며 지구를 살리는 촉진제가 되길 기도한다.

4부

각설하고, 외 2편

글로벌

온 산등성 울음 붉디붉다

언땅 헤친
폭염 태풍 가뭄 장대비
꽃이 되어 살아온 일생이 불탄다

사람들 불 끌 생각 없고
야광나무 빛 다 태우고 홀로 그림자 흔들고
나라 건지느라 손발 잘리고
죽지도 못하는 만해선사

나룻배 나라 찾아서 후손 잘 산다는 기별
저승으로 실어나른다

수억 년
비바람에 깎이며
꿈쩍 않고 이 나라 지킨다

덧없는 한 생이 속절없어 바스락 운다

>

물고기 처마끝에 매달려 염불하는 소리
극락왕생 인도한다

저 목탁소리에 쌉싸름한 공복을 구겨 넣으면
바르르 떨고 있는 잎새 하나 구할 수 있을까?

감정 몇 평

산골 홀로 사는 어머니
한여름에 소금 사달라는 부탁 전화

시장에 소금이 없다
얼마 전 가정집에서
소금 다섯포대나 사던 게 생각난다

일본 후쿠시마원전 쓰나미 파도
우리나라에 출렁출렁
소금 사재기 바람이 분다

광에 일 년 치 곡식과
19공탄 빽빽 들여놓고
갖가지 김치 땅에 묻고 짚으로 추위를 가두고
뜨끈한 방 아랫목 한 이불에 스무개 다리를 덮고
세상없는 부자 되어 긴 밤을 재웠다

그 광 엿 꿀 곶감 눈깔사탕 튀밥들이
형제들을 도둑고양이로 키웠다

>

지금은 주전부리 대신
소금이 자리를 차지하고 있다

소금으로 이익을 챙기는 사람들
이왕이면 대금으로 통큰 이익을 챙기지
소금으로 서민들 쌈짓돈 빼앗다니
소태처럼 입맛이 쓰다

저 검은심보를 뽑아내고
그 자리에 꽃밭이나 만들어볼까?

소나무 유언

커다란 소나무 쓰러지며
산기슭 뽑혔다
저항 흔적이 붉다

푸르름 키우던 새들
쓰러진 나무속 꽃 열매 씨앗 쪼아
흙더미에 이식하며 기도한다

날개바람 일으켜 높이 날아
해 달 구름 부리에 물고 와
아기소나무 기르고
숲 경작한다

상처난 부리 구름에 씻고
숲둥지 틀고 먹이고 키운 아름드리 금강송

성군 관으로 쓰일 황장목 금표비가 세워지기도 하고
봉황이 깃들기도 하고
왕이 지나가면 두 팔을 번쩍 들어 장관 벼슬 얻고
국난 징조를 알려주는, 영험하게 키웠다

>

일제 저항기 송진 뽑힌 도끼자국
6·25 전쟁 총탄 자국
볼 것 못 볼 것 다 보며 산
장생이 마을 5백 살 넘은 소나무
천둥이 쾅쾅쾅 이번 생을 끊었다

오래도록 건강하라는
나무유언을 쪼며
새들이 상여 행렬처럼 울었다
초승달도 새파랗게 울었다

시감상 I

'미래는 현재 우리가 무엇을 하는가에 달려있다. 세상의 변화를 보고 싶다면 나부터 변해야 한다.' 19세기 말부터 20세기 초까지 인도에서 활동한 민족운동 지도자이며 인도 건국의 아버지고 현대 인도의 역사에 가장 큰 영향력을 끼친 마하트마 간디의 말이다. 기후 온난화로 연일 몸살을 앓고 있는 지구촌 소식을 듣고 있는 지금 우리의 미래는 우리가 현재 무엇을 하는가에 달려있다. 지구의 변화를 보고 싶다면 나부터 변하지 않으면 지구가 다시 건강해지기는 불가능해 보인다. 이 말을 뒷받침하듯 글로벌 시인은 사람들에게 외친다. 「각설하고,」 이 시 한 번만 읽어 달라고.

온 산등성 울음 붉디붉다

언땅 헤친
폭염 태풍 가뭄 장대비
꽃이 되어 살아온 일생이 불탄다

사람들 불 끌 생각 없고
야광나무 빛 다 태우고 홀로 그림자 흔들고
나라 건지느라 손발 잘리고

죽지도 못하는 만해선사

나룻배 나라 찾아서 후손 잘 산다는 기별
저승으로 실어나른다

수억 년
비바람에 깎이며
꿈쩍 않고 이 나라 지킨다

덧없는 한 생이 속절없어 바스락 운다

물고기 처마 끝에 매달려 염불하는 소리
극락왕생 인도한다

저 목탁소리에 쌉싸름한 공복을 구겨 넣으면
바르르 떨고 있는 잎새 하나 구할 수 있을까?
—「각설하고,」 전문

'온 산등성 울음 붉디붉다' 땅을 다 파헤쳐 폭염 태풍 가뭄 장대비 우박이 시시각각 지구촌을 덮치고 있다. 시인은 야광나무 빛 다 태우고 홀로 그림자 흔들며 나라 건지느라 손발 다 잘리고 죽지도 못하는 만해 선사를 소환해서 '저 목탁소리에 쌉싸름한 공복을 구겨 넣으면/ 바르르 떨고 있는 잎새 하나 구할 수 있을까?' 하고 반문하고 있다. 지금의 환경에서 만해 선사를 동원해도 잎새 하나 구하기 어려워졌음을 통탄하고 있는 것이다.

또한, 시인은 「감정 몇 평」이란 시에서는 지금 환경이 이렇게 된데 일조한 '일본 후쿠시마원전 쓰나미 파도/ 우리나라에 출렁 출렁/ 소금 사재기 바람이 분다'라고 어린 시절 광에 '엿 꿀 곶감 눈깔사탕 튀밥'이 있던 자리에 소금을 사서 쌓아놓는 자리로 변한 거에 대해 씁쓸함을 '소금으로 이익을 챙기는 사람들/ 이왕이면 대금으로 통 큰 이익을 챙기지/ 소금으로 서민들 쌈짓돈 빼앗다니/ 소태처럼 입맛이 쓰다// 저 검은 심보를 뽑아내고/ 그 자리에 꽃밭이나 만들어볼까? 하고 사람들의 욕심에 대해 질타하고 있다. 다음 시 또한 환경에 대한 시다.

커다란 소나무 쓰러지며
산기슭 뽑혔다
저항 흔적이 붉다

푸르름 키우던 새들
쓰러진 나무속 꽃 열매 씨앗 쪼아
흙더미에 이식하며 기도한다

날개바람 일으켜 높이 날아
해 달 구름 부리에 물고 와
아기소나무 기르고
숲 경작한다

상처난 부리 구름에 씻고
숲 둥지 틀고 먹이고 키운 아름드리 금강송

성군 관으로 쓰일 황장목 금표비가 세워지기도 하고
봉황이 깃들기도 하고
왕이 지나가면 두 팔을 번쩍 들어 장관 벼슬 얻고
국난 징조를 알려주는, 영험하게 키웠다

일제 저항기 송진 뽑힌 도끼자국
6·25 전쟁 총탄 자국
볼 것 못 볼 것 다 보며 산
장생이 마을 5백 살 넘은 소나무
천둥이 쾅쾅쾅 이번 생을 끊었다

오래도록 건강하라는
나무유언을 쪼며
새들이 상여 행렬처럼 울었다
초승달도 새파랗게 울었다
—「소나무 유언」 전문

새파랗다는 말이 참으로 새파랗게 보이고 새파랗게 들리고 새파란 맛이 나는 것 같다. 소나무에서 시각과 청각과 식감까지 꺼내 쓴 이 시 역시 인류가 얼마나 나무들에게 함부로 대하고 함부로 보고 함부로 굴었는지를 잘 보여주는 시다. 오죽하면 나무는 죽을 때까지 인류에게 건강하라는 유언을 남기고 죽고, 인간이 알아듣지 못하자 '새들이 상여 행렬처럼 울'고 '초승달도 새파랗게 울'었을까? 전 세계적으로 산불 소식이 바람을 타고 날아든다. 저들이 죽으면 인간도 죽는다는 걸 명심하라는 경고를 하고 있는 글로벌 시인의 환경 경전이 지구촌 사람들에게 계몽 역할을 해주길 기대해본다.

시를 굽다 외 2편

이 옥

푸르던 시간 붉게 익히는 계절

갈색향기로 공중에 바스락거리는 잎들의 필체는
구어체일까 문어체일까?

가장 높은 나뭇가지에 앉아 우는 초겨울바람
화롯불에 노란주전자 펄펄 끓고
불잉걸속에서 시를 굽느라
까맣게 탄 껍질 벗기면
노랗게 익어 달달한 맛에
승복할 수밖에 없던 시 한 편
찬바람 냄새를 맡다가
잃어버린 체온
너무 늙어 쿨럭거리는 잎들
어쩌자고 셀 수도 없이 나뒹구나?

시를 세공하는 나는
솥뚜껑 석쇠 숯불에 시를 굽는다

노릇노릇 익어가는 상상불꽃

새까맣게 타기 전에 뒤집어야 할 생각

시 굽는 매연에
매일 얼마나 많은 동물 사라질까?

불판으로 달궈진 지구
납땜이 잔뜩 묻은 줄 모르고
시적 언어 육화肉化 얻으려
뒤집어가며 굽는 돌대가리

붉은길

기상이변이 날카로운 이빨을 드러내며 달려온다

별물결이
산속에 살던 혼령처럼 폭우를 나무위로 옮긴다

큰 차속에 큰 생각 싣고 굴리고 굴리면
햇살 바람 달빛 수호를 받는
스타물결을 데리고 다니는 스타리아
카톡방 어디를 떠돌던
까치독사 한 마리가 똬리를 틀어
한참 빨려 들어가다 보면
독한 숨소리로 익어가던
홍옥 혀 낼름거리는 소리에 멈춰선다

세포구멍마다 스며드는 절박함에
부엉이 두 눈이 붉어진다

차선 넘나드는 도로를 눈치라도 챘는지
평행선으로 달리다 쳐다보고 있는 철길
기상이변에 망연자실 하는 비탈길이 비틀거려

간을 배밖으로 매달고 다니는 일
80억 인구를 구하기 위해 얼마나 더 달려야 하는지

어둠을 훤하게 밝히며 함께 가는 정길
시를 쓴다는 것은 새소리에 발 담그고
바퀴 발자국에 숨은 바람의 기호를 캐내는 일
붉은길이 솔빛길이 되는 그날까지
스타리아는 지구 몇 바퀴라도 달릴 준비가 되어 있다

자연불

자연이라는 말이 불에 타고 있다

백담사 금강문 들어서면
단청과 기왓장
냇가에 쌓인 돌탑까지
불타고 있다

종을 떠나 먼 길 달리는 종소리도 불길로 번진다

목탁도
염주도
부처머리도
모두 불타 민둥산이다

유리속 갇혀서
염불하는 촛불
번뇌 가득한 그을음
감로수로 씻어주는 해수관음보살
노랑과 하양으로
선천과 후천을 피우고 있는 국화향

나무를 키우고
물고기를 키우고 있는 돌
이생에 다 못 보고 지나칠까
가을은 속이 타들어 가는데

나무는 세월을 한 잎 두 잎 떨구고
새소리 물소리 다람쥐 소리
불타는 연기에
자연불도 무無가 되는

시감상 |

마르셀 프루스트의 『잃어버린 시간을 찾아서』에서 주인공은 마들렌 쿠키의 향기를 맡으며 먼 과거를 기억하기 시작한다. 우리 인간도 자연을 다 태우고 질식시켜 다 망가져 푸르른 잎과 새, 벌나비를 볼 수 없을 때 잃어버린 시간을 찾아서 그 푸르고 생명력 넘치던 지구를 그리워하며 쓸쓸히 눈물을 흘릴지 모른다. 그런 날이 오지 않길 염원하며 시를 구워 환경 경전을 쓰고 있는 이옥 시詩 장인匠人의 시 굽는 법을 따라가 보자.

푸르던 시간 붉게 익히는 계절

갈색향기로 공중에 바스락거리는 잎들의 필체는
구어체일까 문어체일까?

가장 높은 나뭇가지에 앉아 우는 초겨울바람
화롯불에 노란주전자 펄펄 끓고
불잉걸속에서 시를 굽느라
까맣게 탄 껍질 벗기면
노랗게 익어 달달한 맛에
승복할 수밖에 없던 시 한 편
찬바람 냄새를 맡다가

잃어버린 체온
너무 늙어 쿨럭거리는 잎들
어쩌자고 셀 수도 없이 나뒹구나?

시를 세공하는 나는
솥뚜껑 석쇠 숯불에 시를 굽는다

노릇노릇 익어가는 상상불꽃
새까맣게 타기 전에 뒤집어야 할 생각

시 굽는 매연에
매일 얼마나 많은 동물 사라질까?

불판으로 달궈진 지구
납땜이 잔뜩 묻은 줄 모르고
시적 언어 육화肉化 얻으려
뒤집어가며 굽는 돌대가리
—「시를 굽다」 전문

시인은 환경을 살리는 시를 구우면서도 시를 굽는 매연에 많은 동물이 사라질까 고민을 한다. 그리고는 이어 불판처럼 지구가 달궈지고 납땜이 잔뜩 묻은 줄도 모르고 시적 언어 육화 얻으려 뒤집어가며 시를 굽는 돌대가리라고 독자들에게 '보기'를 보여주고 있다. 환경을 살리기 위해 시를 굽는데 나오는 매연도 돌

대가리라고 하면 지금 얼마나 지구가 위험한 상태인지를 말하는 것인지 미루어 짐작이 간다. 이어서 시인은

기상이변이 날카로운 이빨을 드러내며 달려온다

별물결이
산속에 살던 혼령처럼 폭우를 나무위로 옮긴다

큰 차속에 큰 생각 싣고 굴리고 굴리면
햇살 바람 달빛 수호를 받는
스타물결을 데리고 다니는 스타리아
카톡방 어디를 떠돌던
까치독사 한 마리가 똬리를 틀어
한참 빨려 들어가다 보면
독한 숨소리로 익어가던
홍옥 혀 낼름거리는 소리에 멈춰선다

세포구멍마다 스며드는 절박함에
부엉이 두 눈이 붉어진다

차선 넘나드는 도로를 눈치라도 챘는지
평행선으로 달리다 쳐다보고 있는 철길
기상이변에 망연자실 하는 비탈길이 비틀거려
간을 배밖으로 매달고 다니는 일

80억 인구를 구하기 위해 얼마나 더 달려야 하는지

어둠을 훤하게 밝히며 함께 가는 정길
시를 쓴다는 것은 새소리에 발 담그고
바퀴 발자국에 숨은 바람의 기호를 캐내는 일
붉은길이 솔빛길이 되는 그날까지
스타리아는 지구 몇 바퀴라도 달릴 준비가 되어 있다
—「붉은길」 전문

'간을 배밖으로 매달고 다니는 일'은 '80억 인구를 구하기 위해'서다. 이옥 시인의 부군인 김방섭 옹翁께서 환경 시 쓰는 팀을 위해 사준 '스타리아'라는 봉고차로 서울에서 강원도 인제를 오가며 환경 시를 쓰면서도 고달픔은커녕 지구 몇 바퀴라도 달릴 준비가 되어있다고 말한다.

더군다나 김방섭 옹翁께서는 환경 경전을 쓰라고 당신의 간을 잘라 이옥시인에게 이식해 주었다. 이 얼마나 아름답고 눈물 나게 경이로운 일인가! 보통 사람을 초월해 부부가 함께 환경을 살리는 데 앞장서라는 신神의 계시를 받은 것은 아닐까? 후일 길이 길이 후손들에게 자랑거리가 되고 역사에 본보기가 될 것이다.

「자연불」에서도 시인은 첫 행부터 쿵! 하고 때린다. '자연이라는 말이 불에 타고 있다' 더 이상 아무 말을 하지 않아도 독자들은 미루어 짐작하리라. 『잃어버린 시간을 찾아서』 저자인 프랑스 소설가 마르셀 프루스트는 '진정 무엇인가를 발견하는 여행은 새로운 풍경을 바라보는 것이 아니라 새로운 눈을 가지는 데 있다'라며 모든 것을 새롭게 다른 관점으로 보는 눈을 기르라는 말을 했다.

21세기 지금 시점에 지구라는 곳에 여행을 하면서 가장 시급한, 지구가 앓고 있는 것을 발견했다는 것은 새로움 중에 새로움이 아닐까? 지구가 시들어가는 것을 보고도 못 본 청맹과니들이 살고 있는 이 지구에.

연기마을 외 2편

글 가 람

소르락 사르락
그림 그리는 소리
초가집 아궁이 청솔가지 씹는 향

대통령 역도 있고
국민 역도 있고
갖가지 배역
하얗게 발효시키는 연기演技

연기는 수채화 물감으로
내가 그리고 싶은대로 그리는 것이 아닌
하늘에서 준 배역을
평생 해야 하는
안개속 같은 생

가끔,
훠이훠이 산안개 밀어내면
다음 배역 알 수 있을까?

눈부신 배역을 맡을 수 있을까?

>

분홍생각을 하다
줄레줄레 고개를 흔든다
천상병 시인은 소풍 왔다 가서
아름답다 전했지만

나는 지구 무대에 연기하러 왔다
연기마을에서 돌아가는 날
환경 구하는 연기하다 왔다고
전하리라

야생생각

풀향기 마당 가득 서성이는 날
마장터* 옆구리
갈나무 훨훨 옷 벗는 소리
황홀한 가을

고결함 요염함 휘날리며
꽃단풍 한 생을 붉게 익혔다

샛강꽃**에 세월이 하얗게 부서져 울다
자늑자늑 숨 고르는 소리
몰아치던 풀벌레 소리는 잠이 들고

긴긴 여름날 푸른 그늘에
제소리 세상에 걸지 못한 한 업고
어느 구천무九天巫로 나들이 떠나는지

뒤엉킨 푸념
나뒹굴며 하얀 달길 밝혀 놓고
누덕누덕 쌓이는 눈물로 설움 깁고
떠나면 다다를 수 있을까?

>

한 움큼 쥐어진 시간속에

정지된 세월 너무 멀고 멀어

그냥 다 내려놓고

그냥 다 팽개치고

너처럼 서서 이글이글 불길처럼 타고 싶은데

번지는 산불 같은

피

돌

기

* 고개 이름

** 억새의 방언

흔적

火
火
火
지구촌엔 온통 화가 떠다닌다

물도 흙도
감감 눈감고
불 끌 생각 않고

인간은
지구가 다 타는데도
자기 발등에 불 끄기 바쁘고

불탄 흔적위로
거미들이 냄새를 맡고
火 흔적 꽃으로 피어
지구촌에 온통 화禍꽃 만발한다

시감상 |

우리네 삶 자체가 한 편의 대서사시고 연기이고 소풍이다. 그렇지만 이 삶을 이렇게 골똘하게 생각해 보지 못하고 하루하루를 모두 다 낭비해 버린다. 글가람 시인 시의 시선은 독특한 상상력으로 시공을 넘나든다. 그는 특정 지역인 '연기마을'이란 존재하지 않는 마을을 만들어 그 마을에 실제 거주하는 현실이 아닌 상상적 묘사로 주조를 이룬다. 상징주의자들이 말한 '가시 세계는 불가시 세계의 껍데기일 뿐'이라는 말을 적확하게 이해하고 가시 세계의 알맹이인 불가시 세계를 탐험한 시다.

소르락 사르락
그림 그리는 소리
초가집 아궁이 청솔가지 씹는 향

대통령 역도 있고
국민 역도 있고
갖가지 배역
하얗게 발효시키는 연기演技

연기는 수채화 물감으로
내가 그리고 싶은대로 그리는 것이 아닌

하늘에서 준 배역을
평생 해야하는
안개속 같은 생

가끔,
훠이훠이 산안개 밀어내면
다음 배역 알 수 있을까?

눈부신 배역을 맡을 수 있을까?

분홍생각을 하다
줄레줄레 고개를 흔든다
천상병 시인은 소풍 왔다 가서
아름답다 전했지만

나는 지구 무대에 연기하러 왔다
연기마을에서 돌아가는 날
환경 구하는 연기하다 왔다고
전하리라
—「연기마을」 전문

글가람 시인은 지구라는 나라에 이주해 거대한 비행을 하고 연기마을을 버리고 가서는 그 이름도 당당하게 나는 환경 구하는 연기하다 왔다고 전할 거란다. 그렇다면 지금 현시대를 살아가는 지구를 위해 혼신을 다 바치고 얼마나 떳떳하게 살았다고 회상할 수 있을까? 생각하면 뿌듯한 느낌일 것 같다. 아래 시에서도 시인은 제목부터 「야생생각」이다. 온통 야생생각에 정신을 다 소비하고 있으니 '갈나무 훨훨 옷 벗는 소리'에도 '황홀한 가을'을 상상하고 '고결함 요염함 휘날리며/ 꽃단풍 한 생을 붉게 익혔다'고 느낀다. '한 움큼 쥐어진 시간'을 어떻게 써야 하는지 조바심을 낸다. '그냥 다 내려놓고/ 그냥 다 팽개치고/ 너처럼 서서 이글이글 불길처럼 타고 싶은데/ 번지는 산불 같은/ 피/ 돌/ 기' 얼마나 활활 타고 있는 생인가? 본능적으로 맛난 것 먹고 좋은 옷 입고 좋은 곳 거닐다 가는 생들이 대부분인데 글가람 시인은 자신이 선물 받은 이 여행에서 하루하루를 이글이글 타올라 산불처럼 번지고 피돌기 왕성한 봄처럼 살고 있는 것이다.

그날그날처럼 그냥 사는 사람들에게 싱싱한 싱그러움을 날라다 주는 시이다. 또 다음 시를 살펴보기로 한다.

火
火
火
지구촌엔 온통 화가 떠다닌다

물도 흙도
감감 눈감고
불 끌 생각 않고

인간은

지구가 다 타는데도

자기 발등에 불끄기 바쁘고

불탄 흔적위로

거미들이 냄새를 맡고

火 흔적 꽃으로 피어

지구촌에 온통 화禍꽃 만발한다

—「흔적」 전문

이 시 역시 환경을 걱정하며 쓴 시다. 지구가 다 타서 새소리 벌레 소리가 삭제되고 삶이 시들고 생명이 숨을 잠그는데도 인간들은 아무 관심이 없다는 말이다. 그래서 지구 전체에 화꽃이 만발했으니 이제 인간들은 그 화를 어떻게 시들게 할 것인가?

판타지 영화 크리스토퍼 놀런이 감독하고 그의 형 조나단 놀런이 각본을 쓴 영화「인터스텔라」를 보면 미래의 지구가 환경 파괴와 자원 고갈로 인해 인류의 삶이 위협받는 상황에서 시작되고 인류를 구하기 위해 우주를 떠나 새로운 거주 가능한 행성을 찾는 임무에 참여해 고군분투하는 주인공들이 나온다. 주인공들은 불가능해 보이는 선택과 희생을 감수한다. 인터스텔라는 시공을 넘어서는 아버지와 딸의 사랑, 인류의 미래에 대한 희망과 동시에 지금 우리가 서 있는 여기를 직시하지 않으면 결국은 인간이 불행의 늪으로 빠지고 말 거라는 충고가 들어있는 영화다.

글가람 시인은 영화가 아닌 시로써 환경을 걱정하며 환경 경전을 쓴 것이다. 부디 지구상에 모든 사람이 많이 읽어서 이 지구를 화火꽃이 피기 전에 구했으면 한다.

남과 다른 시 쓰기 동인

'남과 다른 시 쓰기' 동인의 『따끔따끔, 슬픔요일』은 『함께, 울컥』, 『길이의 슬픔』, 『덜컥, 서늘해지다』, 『새파랗게 운다』에 이어서 다섯 번째 환경시집이며, 이서빈, 이진진, 글보라, 글바다, 정구민, 글나라, 최이근, 고윤옥, 글빛나, 권택용, 우재호, 세정, 글로별, 이옥, 글가람 등, 열다섯 명이 그 회원들이라고 할 수가 있다.

『따끔따끔, 슬픔요일』은 "인간은 자연의 한 조각이다"라는 대전제에서처럼 '남과 다른 시쓰기 동인들'이 '환경위원회'를 조직하고 "온몸 불사르며" "생태 환경 경전經典"(머리말)을 써나가고 있는 환경시집이라고 할 수가 있다.

이메일 happyjy8901@hanmail.net

• 이 시집은 영주신문에 환경 시 특집으로 연재한 시임을 밝혀둔다.

남과 다른 시 쓰기 동인

따끔따끔, 슬픔요일

발 행 2025년 4월 25일
지은이 이서빈 외
펴낸이 반송림
편집디자인 반송림
펴낸곳 도서출판 지혜
주 소 34624 대전광역시 동구 태전로 57(삼성동), 2층 도서출판 지혜
전 화 042-625-1140
팩 스 042-627-1140
전자우편 eji@ji-hye.com
ejisarang@hanmail.net
애지카페 cafe.daum.net/ejiliterature

ISBN 979-11-5728-567-9 03810
값 13,000원